U0164328

光希詩文存稿

鄺健行 著

匯智出版

責任編輯：羅國洪
裝幀設計：胡嘉敏
封面題字：楊健思女史

書　　名：光希詩文存稿
著　　者：鄺健行
出　　版：匯智出版有限公司
香港九龍尖沙咀赫德道2A
首邦行八樓八〇三室
電話：二三九〇〇六〇五
傳真：二一四二三一六一
網址：http://www.ip.com.hk
發　　行：香港聯合書刊物流有限公司
香港新界荃灣德士古道 220-248 號
荃灣工業中心十六樓
中華商務印刷大廈三字樓
電話：二一五〇二一〇〇
傳真：二四〇七三〇六二
印　　刷：陽光（彩美）印刷有限公司
版　　次：二〇二一年一月初版
國際書號：978-988-74437-8-0

序言

余二零零九年梓印《光希晚拾稿》，錄古典詩文一百六十餘首，迄今又十一載矣。文筆終乏長進，顧箱篋新文仍淩雜儲積。因思年益遲暮，實亟宜整理文字作前書續編。繼念年來重閱《晚拾稿》，恆覺闕漏不稱意，於是併合新舊篇章，另行斟酌損取，成茲《光希詩文存稿》。篇目稍增，亦不過四百首，非為巨帙也。既龍鍾愈甚，則爾後神愈昏而手愈顫，無由構思執筆，可以斷言。是則《存稿》詩文，即余平生之詩文也。詩也文也，不敢望前修藩籬，又未盡趨時賢之芳躅；非古非今，不成體貌。雖當鋪紙欲書，其布意遣辭，節奏緩急，與乎句調短長重輕，未嘗敢經營輕忽；只以才具薄劣，曁乎成篇，則不止半折心始而已。然經營倘或一二得存，而復有能彷彿微察之而抉發之者，則知音之感當何如哉！稿所以存，前書〈自序〉有述，不贅。二零二零年四月二十八日，鄺健行光希序。

《光希晚拾稿》自序

光希子選輯平生所撰詩文凡一百六十五篇既竟，將以付梓，燈下喟然：數十載壇坫講授，特重諸生寫作練習，乃自為者區區若此。往日堂下少年，篇什或倍蓰此數而專集相繼刊刻矣；能不既愧且慰？回憶上庠肄業，實侍碩師，時聞文筆撰著途轍趨嚮之所宜，初作得蒙指點批改。顧余未幾離校，負笈海外近十年，歸來舊業已荒；而學界方重學術論著而輕文字創作，則亦隨風氣上下浮沈，兢兢不敢自異，而文章之事遂棄置不問。間或一二酬詠，每誦慊然；由是益甘拘束自困，不與騷壇方家交游磋切。二零零二年自香港浸會大學中文系退休，與六七後進共組詩社。猥以先輩見推，主持社務，每月聚會賦題，於是始搜記疇昔所嘗處下風而仰聞者，勉力依傍完稿，蓋隨眾而遵則例也。年已遲暮，神思衰竭日甚；即惕懼不率易下筆，而及乎篇成，聲多澀啞而光嫌黯晦，終亦無可如何。方將不顧盼檢集，任其散滅。獨念平生種種，自少壯之時，清狂進退，遇合歡悲，風雲月露之迷離悵感，山川習俗之壯麗特異，君子淑人之振振清揚，與乎洎茲晚歲，得接英髦不附俗眾士嘯詠雅懷為可慰者，時時筆底述錄；其中情未嘗矯飾，事未嘗虛擬，則仍有合於趨嚮之宜者；若是又似不必悉去而莫之留者耶？夫言之無文，行之不遠，固所深知。余掇拾賸稿，淺薄拙冗無可稱，安能播遠？然私意本不求見知於人，存之所以供時日閒暇、展卷而憶事生情、自寬且自悼而已。二零零八年十二月，鄺健行光希序。

目錄

乙編：古文

丙編：賦、駢文

甲編：各體歌詩

梅窩紀遊

天地含冥晦，觸目翻百憂。暗濤掀海動，壓溪竹霧愁。陰谷凝靜綠，紅冷春心休。崔巍峰巒隱，頹雲重不流。撥煙履驚石，險仄啼猿猴。俯視但茫茫，無處辨神州。何當滌蒼穹，羲和莫可求。孤鳥傍歸棹，啾啾無所投。

題李生畫竹

幽谷幾回鳳凰死，翠筠長蓋半溪水。脈脈流泉動文光，帝子千年淚不止。九嶷瀟湘景陰冥，況復無聲日向暮。筍籜石根起濃雲，黛色森森繞愁霧。坐對洞堂盈幽趣，飄飄涼飈神靈雨。李生骨重神清寒，掉頭豹隱棄峩冠。每詠楚辭多嗚咽，跣足扶醉染青竿。俗人嗤嗤無解意，凝愁滿幅見肺肝。

春雨二首

濃煙濕霧曳垂楊，二月江南帶淚妝。好解小舟隨水去，一天春雨下橫塘。

且乘細雨攜魚去，好撥輕煙載酒來。一笑荒茫滄海外，雲山濃淡亦蓬萊。

山中小花

儂家泉石住，小弱絕嬌癡。香散珊珊骨，寒侵楚楚姿。神方難駐景，春暮若含思。雨露催開謝，山深獨自知。

原子彈

豈獨誅魑魅，利刃刳人腹。鍊金匪通靈，揮擲惟意欲。東裔氣沴戾，島夷餐虺蝮。喑嗚動鼓鼙，啾啾鬼夜哭。顧盼恣獰笑，元元教臣僕。安知一彈投，深災倚多福。彌空壓刼灰，天半火雲矗。蕩戛騰騰升，爆裂乍轉倏。垣熔廣廈頹，沸氣焦萬族。相驚無日忙，自繫階前伏。雖云孽自為，所報亦已酷。遊魂百十萬，終古焉歸宿。鑒茲當怵心，斯事願不復。古人真聖神，放馬岐山牧。儻或移陵海，彈指現平陸。

潛水艇

昔人不薄重今人，大海翻騰億頃光。目眩神悚臨岸拜，造化隨意測無方。水深下壓幾千里，奇思橫縱恣飄颻。蜃氣幻麗蛟興雨，嘯吟涼夜尾閭藏。尾閭玄冥忽璀璨，耀曄珠光玳瑁堂。仙姬殷勤捧玉盞，鈞天樂奏壽龍王。犀角莫求照水入，遊鯨渺跡空瞻望。共鼓貨狄爾何能，刳幹剡木沼澗行。豈見飈輪萬鈞力，悸心動魄沒汪洋。直潛極底迴西東，朝南暮北四海航。龍宮沈沈浪湧至，景象紛殊疑夢鄉。日月不臨閟終古，鱗介閃爍森微芒。雲低天死晦無盡，流螢弄輝緩飛翔。深碧暗紫瞬息異，魚黿奔竄皆驚惶。攘攘擾擾多珍種，遺類傳衍來洪荒。有臂屈伸水漩激，瞪視斜睨身若槍。或有沈浮隨所之，或有噓沫首高昂。峯巒聳峭懸崖立，濤重千尋獨力扛。硝煙激射俄崩裂，撼天沸海勢若狂。珊瑚七色隱巖竇，積緋凝翠光琳琅。幹枝咫丈世罕覩，金谷園中當舉觴。神境縹緲何由覓，縱遊鏤心嗟不忘。安得盡快眾士意，相邀攜手風浪浪。惜哉唯作殺人器，流血漂戈悲未央。

悲秋風

蓐收卷雲天地白，洞庭搖光翻涼璧。老桂顛狂散古香，紅墜翩聯山空寂。挽斷柔絲春莫住，二十男兒心驚苦。叢花撲暖滿眼新，絡緯聲咽冷燐舞。冷燐舞，一例歸。北邙樹，故鬼吹。六螭行天瞬朝夕，青鸞堪老落霜絲。偷靈藥，隨風起，下顧巫咸幾回死。

冬日郊遊

俯仰每不歡，少年心漸老。出門聊解憂，風悲南郊道。凜氣西北至，玄冥閉蒼昊。冷紫凝曉山，天際失海島。孤鳥急飛鳴，欲棲千林槁。魚黿沈寂寞，煙重壓寒潦。憶昔攜手遊，晴光浮芳草。相顧時一笑，願言長相好。薤露何易晞，死生誰能保？泉臺永幽陰，思歸路浩浩。

樹

岫雲頹不流，半嶺環濕翠。千尺拔森森，綠出濃靄外。曉涼復暮涼，枝葉齊多淚。層蓋承飛星，沈沈天日翳。秋冬來寂寞，刷風紛飄墜。空幹老鴞居，百年成木魅。營巢亦自好，重蔭足避世。山鬼若有情，斜倚遙含睇。

後記：此詩獲新亞書院一九六一年全校作詩比賽冠軍。李彌龕先生評曰：「運思奇詭，取徑幽邃。篇尾『世』『睇』二韻，尤得掉臂獨行之致。是能不落窠臼，迥異凡響；殆淵明所謂擺落悠悠談者，非耶？」

敬題《曾氏家學》

余僻處南服，少年習疏狂。負笈侍碩師，向若歎望洋。嘉木終垂實，天龍生驌驦。曹劉不挺出，大雅何微茫。吾師絕殊衆，高唱起閩鄉。淵峙山海才，俯仰誠難量。青霄健筆運，焜耀五色光。蘭苕多珍鳥，掣鯨獨遊航。敬誦家學卷，淵源何遠長。心鐙傳奕葉，妙句授錦囊。相視古人笑，珠玉吐中腸。零篇亦已珍，況乃盈案箱。君子澤五世，斯語靡為常。風雅十一葉，素業流芬芳。左海騰龍虯，丹穴出鳳凰。人事奚有異，積德知恒昌。

讀《新亞心聲》

異哉師與弟，風雅耽成癖。宋匠施巨斤，長竿進百尺。古調幾人彈，靡音能盪魄。徒寄山水志，鍾期寐松柏。同儕昂首鳴，矯矯奮羽翮。影單終不悔，耻居燕雀宅。前賢雖未至，頗亦中繩墨。飛揚躡謫仙，昌谷徑幽僻。采獵楚騷麗，遠紹六期跡。孤愁湧三更葉葆荃〈香港晚眺〉頷聯「萬感人何在，三更夜未央」。又末聯「仰睇明明月，孤愁不可量」。，柳煙綠二月李妙貞〈春柳〉起聯「香滿桃花水，煙籠二月天」。又末聯「春風差減色，新綠大堤邊」。。靈氣鍾秀心，撫掌浮大白。自慚非俊才，碔砆雜珠璧。早晚披卷看，藉攻他山石。

渤澥篇次風字韻

渤澥湧立屯黑風，長箭墮日穿雲中。神祇飲泣魑魅笑，醜夷揮刃誇豪雄。弱齡避亂隨慈母，江國流腥漂血紅。孤村殘陽鴉寂寞，荒涼臺榭蹲羆熊。編氓謹畏帝瞋怒，報施何得謂至公。妖星搖搖終墮殞，旌旗漢室漫碧空。喜極翻悲歸故里，相看疑夢問園松。凡兒碌碌涇渭別，欲舒長嘯登崆峒。海角移家頻回首，縹緲山雲張錦幪。讀史撫膺恆掩卷，花鳥百年愁兵戎。靖氛朔漠懷去病，將軍三箭挽強弓。投筆深恥儒生業，上馬方知矍鑠翁。微軀但思澤黎庶，起舞劍氣青濛濛。黯然王氣收白下，倉皇翠輦悲辭宮。拗折彩霓吹散雨，皎日或騰若木東。高歌出門見曉月，五羊朝發暮衡峯。淼淼洞庭吳楚坼，江聲如訴摧臆胸。石頭嗚咽潮漲落，煙深難覓景陽鐘。東南夙稱佳麗地，却訝黯黮戾氣蒙。桃眼善愁迸急淚，柳眉聚恨鎖千重。才士翩然追往昔，逸興掄管噴長虹。激揚文彩奇禍至，願解簪纓隱為農。為農易枯雙目泣，風乖雨舛災屢逢。上蒼喜怒應人事，離離隴陌多蒿蓬。阮藉慎言慚莫及，坦誠真悔似癡童。千夫交責危邦國，涕泗橫縱噤寒蟲。呵祖對佛胡罔鑒，閶闔嚴扃不為通。南翔鬱結悲涼意，顧盼蒼茫竟誰宗？陽氣下藏宜勿用，雲蓊會當起潛龍。挾電掣霆震四裔，廓清摧陷變無窮。

月夜抒懷並寄諸同學

孤清淪漾獨無依，涼露經天濕縞衣。疊夢簾櫳情惘惘，四山木葉影微微。遙憐竟夕凭虛幌，忍吐長噫策六騑。玉宇寒凝終寂寞，姮娥底事不言歸。

後十二載重遊梅窩

原疇偃故綠，遠嶺氤氳紫。晴光浮薄霄，春暖撲桃李。我來竟寂寞，空記舊蘭芷。日月躡景馳，奄忽歷一紀。踐塗任險夷，迴身避潭水。水清愈惘然，恐非盛容止。少年多慷慨，壯懷殊未已。

絕句三首贈新亞中文系一九八二年畢業同學

知君振羽入雲翔，往日盤旋聚此堂。記取人文館外望，山花紅紫海天涼。

卓立前賢意不回，要憑坏土累高臺。昏燈斗室騰孤唱，豈問瀰空盡劫灰。

試逐煙濤汗漫飛，齊州九點辨依稀。傳言海客時回首，星漢乘槎但願歸。

絕句一首贈新亞中文系一九八五年畢業同學

詩書充腹氣清華，握手他年論百家。八月海潮連碧落，送君銀浦上仙槎。

訪書韓國大田贈趙鍾業教授

訪書來外域，論學上庠趨。交接知君子，行藏重魯儒。芝蘭馨滿室，風雨喜同途。淑氣流天散，飄飄聚海隅。

馬鞍山市政府公祭李白典禮感賦三首

嶺外秋仍暑，江南草未凋。啟程初上日，着陸已終朝。翠擁馳驅路，涼生動蕩潮。主人真盛意，幾度鯉魚邀。

五綵青蓮筆，縱橫繪地天。不須論八斗，誰與和高弦。壯志胡沙靜，斯人白首憐。相知唯大雅，感激念前賢。

魯叟言三萬，迂儒自可嗤。舉杯招朗月，授籙採靈芝。仙謫淄難染，才高世或疑。公園秋日祭，同仰海天姿。

步韻奉和鄺公健行參加太白詩會五律三首

葛景春

客從南海發，草木未零凋。鵬鳥展雙翅，雲程飛半朝。窗前生白日，翼下滾江潮。萬里飛行急，為應雅主邀。

太白真豪士，雄才出自天。十篇方歃筆，百首一揮弦。才絕時人忌，數奇英傑憐。應知千載後，我輩念君賢。

海龜言大海，遂受井蛙嗤。天上攬明月，瑤臺採紫芝。冰清人可鑒，泥濁主生疑。風掃浮雲盡，塵寰仰玉姿。

謁太白墓二首

池荷秋柳似含哀，敢憚關山謁墓來。寂寞孤懷留雅唱，幾人真識謫仙才。

說詩千載議騰喧，或惜縱橫或辯冤。雲外九霄鳴鶴過，鷦鷯指點謂知言。

機中默誦近日所讀詩有作

本月七日，余謁當塗太白墓。青山長伴，任騷客以騁懷；短什初成，悲前修之失路。既而王晉江兄有〈雨後遊長江〉詩。蘇仲翔先生有〈謁當塗太白墳園〉及〈重有感〉二作，中云：「莫更尊前揮涕淚，江山有待萬家春。」而臺灣林恭祖先生復惠其遊東瀛詩八首，盛稱彼邦風物之美。誦彼華篇，觀茲國土，於是諸感萌生，中情莫抑。含毫繼作，非有七步之才；覆甕何辭，聊寫寸衷之意云爾。

一九九一年七月十一日。

輾轉幽懷意若何？幾回仍願海無波。雲濃壓野迷山鬼，浪濁排空出大鼉。外域暢吟花絢麗，中州愁對雨滂沱。九夷終擬含悲隱，怕聽千家子夜歌。

雨後遊長江呈前輩鄺健行博士及陳薇嬌同學

王晉江

江北江南綠樹多，青葱十里入洪波。輕舟一葉穿林過，極目雲山子夜歌。

與金滿兄、穎麟弟遊安徽清溪

景入清溪變，情同騷客鍾。篙探深淺水，人指古今峰。竹筏乘空下，雲屏拔地封。女郎（操筏者）纔十六，軟語近吳儂。

九華山山下茶館品茶

纖手杯盅滌，名茶奉客看。尖毫拈鵲舌，溫語說龍團。麗服盈盈侍，銀壺款款端。近斟舒皓腕，今夕氣如蘭。

鞏義市開杜甫學術會議，隨眾學者訪工部故里土窰二首

群賢瞻往跡，鄰舍滿牆頭。千載宗風振，當時冷炙求。庭株春似綠，土室午仍幽。鼓鈸喧天起（學生奏樂迎賓），低徊未可留。

稷契平生志，相嗤內熱腸。雲山同綵服，舟楫及清湘。漂泊含悲老，嘘呼束帶狂。屈沈寧足論，大雅日齊光。

奉和鄺健行先生詠杜詩

葛景春

胸懷稷契志，憂世屢牽腸。輾轉經三峽，飄流至楚湘。家山望欲遠，詩興老更狂。舟泊洞庭岸，晚霞明水光。

有鳥二首贈羅宗強先生，未及呈閱

余應先生之邀來南開大學訪問，將別有作。

有鳥來南國，翩翩歷上庠。弦歌今撫咏，杖履日安康。飄雪思前夕，傳經坐廣堂。雲間時反顧，拍翅入蒼茫。

雅調非寥寂，夙知君子儒。高風能感蕩，萬里互嘘呼。朔氣凝如剪，名言吐似珠。坦途彈指現，豈擬漫乘桴？

暮登西安城樓望

依舊王城壯，紅霞半抹天。縱橫開廣道，指點問時賢。宮闕空餘礎，林池或作田。擬尋興廢跡，人在古秦川。

一九九七年八月中旬，自成都乘機經西安至黑龍江，止鏡泊湖賓館，開學術會議。夜望鏡泊湖，深幽寧靜，使人有非復人間意。適錢志熙、方奉二先生有作，遂依原韻成篇

雲封鳥道越秦關，指顧東翔降白山。終訪平湖漫百里，且隨諸彥賞螺鬟。浮槎淡月蹤疑失，照影天孫意或閒。紫闕凝眸思渺渺，何當九轉煉丹還。

參加廿世紀中國古典文學研究回顧與前瞻研討會。

鏡泊湖小住，紀游抒懷，奉呈與會諸公

東甌　錢志熙

長車搖曳入邊關，萬里來看塞上山。雲外明湖開玉鏡，畫中叢閣擁螺鬟。

緇衣欲浣經年土，浮世聊偷數日閒。歸去京華應悵悵，鷗盟未結亦須還。

鏡泊湖盛會，得緣叨光，受益孔多。欣慰無既，

漫筆抒懷，步室友志熙同學原韻

古汀州民　康奉

梯航彈指越重關，放棹松花陟塞山。百里雲光映水色，群峰雨鬢掩風鬟。

殷憂魂蝕當求索，椽筆髀生敢放閒？昨夢瑯嬛煙靄裏，丹鉛事業速予還。

黑龍江鏡泊湖舉行學術研討會二首

斯土風光異，我從南國來。曦車賁夜發（三時許天亮），邊草晚秋摧。妙唱繽紛論，群趨英偉才。湖山方獨賞，忽報盛筵開（平湖展望有作）。

小築環山建，澄湖淨不流。翠濃爭入目，風定豈迴舟？擊楫能歌詠，披襟共唱酬，我思才俊士，俯仰意悠悠（遊湖）。

小喬墓下作二首（墓在洞庭湖君山）

密邇湘靈葬豔姿（墓距二妃祠不遠），嬌嬈應幸託蘿絲。東風一夜聞鼙鼓，夫婿三吳英傑兒。

灰燼隨流入海東，周郎緩帶坐微風。清商曲罷江山靜，十六瑤姬低首紅。

韓國大邱雜詠三首贈金周漢教授

嶺南田土雨中鮮，五百年間育俊賢。我是神州南嶺客，涳濛色裏比山川。雨中乘車赴大邱

棲鳳禪堂事亦奇，桐花開處滿山陂。長鳴每伴泉聲遠，月冷宵深寂寂時。桐華寺鳳棲樓

禮樂真疑渡海東，群才博雅守淳風。遺經細讀知尊古，特立原非與世同。賢主人

離筵古意賦贈葛教授伉儷離港北返，時九七年十二月

當年傅粉念何郎，低首時悲歲月長。不上彩雲生羽翼，祇求虛幌並鴛鴦。含情秋蕊終同蒂，轉眼薰風忽帶狂。雙鶴去來多所見，高鳴料得入穹蒼。

嗚東弟赴美國加州柏克萊大學游學半載，直書中懷賦別

已誦書千卷，仍當萬里游。環瀛多哲士，問學豈神州？歷練生英氣，尋研匯眾流。遺經今寂寞，願子繼前修。

天池代和作

蔚藍高不盡，西土訪天池。深闕居王母，連山接月氏。已消周軌轍，尚想漢旌旗。遠嶂參差綠，徘徊有所思。

後記：一九九八年八月十日，隨杜甫研討會諸賢遊新疆天池，傳言即西王母瑤池也。池邊各民族策騎往來，仍見古風，沈吟有感，成五律一章。會張志烈教授擲示所撰〈上天池〉一首，詞意超絕。元白章成，豈能壓倒？王楊名重，自足居先。用是不辭擱筆，庶免續貂。未敢奉和，惟敬呈拙篇，求正於方家云爾。

賦得「穆王何事不重來」，得「游」字。擬試律體

白雲慵眺望，底事倦宸游？之子康而壽，黎民樂不憂。几筵曾禮接，賓主昔歡酬。牕外辰星閃，人寰煙點浮。八龍思萬里，天漢訪牽牛。駐景神方在，瑤池願復求。

後記：題出李商隱詩：「瑤池阿母倚牕開，黃竹歌聲動地哀。八駿日行三萬里，穆王何事不重來？」又西王母〈白雲謠〉：「將子無死，尚能復來。」昨游天池，想及瑤池王母穆王，別無他意，所以試練筆力，並冀重來耳。試律以題為主，題中各字之意須見於詩中，又須於其中拈出一意暢寫。此詩「宸」、「八龍」等字扣穆王。「底事」即「何事」，明點。「曾」「昔」「復」等字扣「重」。「游」「求」扣「來」。「倦」扣「不」。第三句至第十句暢寫「底事」，謂事情如此，王何以不重來。末聯結筆，申宜重來之意。蓋不老神方在，穆王當再至瑤池也。搜字湊意，非作詩正途；而牽扯連綴之苦心，固亦有在。

登交河故城

無邊寥寂欲黃昏，似血餘霞抹遠原。休上交河荒塞望，古今同例斷人魂。

擬訪樓蘭未果二首

樓蘭荒沒剩浮圖，沙磧千年失路途。遙想古人征戰地，黃塵影裏兩軍呼。

蒸薰暑氣漫群山，絕滅生機舉目間。我敬大唐盔甲士，鳴鞭慷慨出陽關。

新疆與維族主人香梨果園合照

荷鋤晨夕護香梨，結得微黃滿樹垂。九月收成過四畝（主人梨園不少於四畝），一年生計有餘資。

農閒聚族唯歌舞，節祭揚鞭肆騁馳。葉底徐徐流馥郁，與君同照執柔枝。

與友人訪新疆庫爾勒市郊維吾爾人居所，時九八年八月十七日

四輪泥石輾，亭午路縈紆。隨車起黃塵，簸盪抵鄉居。維族斯生聚，八千成里閭。望窮平頂舍，土牆雜蒲蘆（維人以蘆葦濕泥，乾後成牆。）。西陲訪風俗，早悉民情殊。指引迎巷口，二女色敷愉。布裙絲織帽，斑斕耀紫朱。主人門外立，深目濃髭鬚。解得漢言語，展顏前招呼。舉手肅客入，入門小庭除。鐵架備烤羊，搖床睡哺雛。籬高葡萄結，纍纍繫串瑜。綠肥隔盛暑，枝幹不凋枯。堂室既明淨，俯仰亦寬舒。長桌堆眾果，兩椅設綵鋪。高牀廣逾丈，掛壁紅氍毹。批桃即切瓜，促客啖無餘。暢言杯盞後，牧野與園廬。馬羊天祐壯，果樹百十株。涓流微潤土，遠近漸平蕪。親故時節集，彈絃傾酒壺。囑婦奉烤肉，女孫學奔趨。髫齡已解舞，垂髮始辮梳。回眸能淺笑，循樂似合符。盤旋輕妙絕，撫掌客歡愉。俄傾家人至，兒郎挈掌珠。軒昂神意旺，青春雪肌膚。賓主同留影，情誼證不疏。友儕深感激，何以報瓊琚？坐久殷勤別，斜日照歸途。

贈梁超然、毛水清、胡大浚教授二首

一九九零年秋，南京開唐代文學研討會期間，余隨三君暨金濤教授夜游秦淮。今年十月，復與三君在貴陽花溪研討會上相遇，言笑甚歡。然而年光頗逝，不無感慨，成絕句二章見意。

綠鬢朱顏惜已銷，懶從金粉認南朝。波光指點秋聲裏，共踏秦淮第幾橋？

八年分聚似浮雲，握手花溪喜見君。莫道風懷非昨日，黔天好雨入宵聞。

鄺健行教授以詩見贈，奉答二章，用原韻

胡大浚

敢惜春華轉眼銷，秋風送爽復朝朝。秦淮夜色長堪憶，更踏秋星又一橋（天星橋為貴州名勝）。

金陵會上識聲聞，黔水探驪喜伴君。來日祇園弘法雨，三危應駐海南雲。

後記：胡教授二詩選入趙逵夫教授所編《世紀足音》中，胡教授前未見示。秦淮夜訪，共踏燈橋；花溪再逢，仍聽好雨。自嗟華年之已逝，二首賦懷；豈求青眼之有迴，蕪詞覆甕？時逾一紀，握別群友黔中一九九八年；序屬金秋，來觀大河隴右。偶翻案頭之編冊，遂讀騷客之和章。寄意殷勤，臨文感激，書此謹誌。時二零一三年九月十九日，參加蘭州西北師範大學第三屆駢文國際學術研討會。

隨杜甫研討會群賢遊內蒙古草原

雲片垂天闊，原平入目青。塞歌餘蕩漾，舞女復娉婷。人物今江左，山川昔漠庭。群才多彩筆，雅詠下風聽。

遊內蒙草原，健行以新詩見示，謹步韻奉和

張志烈

天宇蒼茫闊，飛車過大青。蒙包珠累累，牧女玉婷婷。冉冉雲移影，悠悠曲繞庭。割羊同執刃，清唱喜先聽。

奉和鄺健行吟長隨杜甫研討會群賢遊內蒙草原

梁鑒江

塞外秋風早，蒼茫草尚青。烽煙長寂歷，牧女獨娉婷。孤塚垂千葉，王嬙別漢庭。殷勤頻勸酒，曲曲盡堪聽。

奉和鄺健行教授游內蒙古大草原詩

葛景春

漢北雲天闊，川原四望青。胡兒馬矯健，牧女舞娉婷。風物異南國，牛羊遍北庭。塞歌薄暮起，斷續帳前聽。

次韻奉和香港鄺健行先生內蒙草原見贈

劉友竹

漠曠羊群遠，天藍草色青。野花星燦爛，稀樹玉娉婷。牧女工晨曲，游人賞幕庭（泛指蒙古包）。群賢歌白雪，洗耳老夫聽。

內蒙草原遊和鄺健行老師韻

詹杭倫

塞外天空闊，荒原草泛青。敖包情蕩漾，牧女舞娉婷。瑟瑟昭君墓，威威大汗庭。詩人豪興動，清唱喜聆聽。

敬和鄺師健行遊內蒙草原詩

劉衛林

塞上風雲壯，秋原草色青。登高非駿驥，勸酒盡娉婷。不復思南國，焉知醉北庭。長吟飛動句，末座更恭聽。

奉和志誠兄遊內蒙古草原詩，並抒己懷

客情搖漾對茫茫，曠野時飄塞草香。老去伏波誇試馬，興來李白詠烹羊。黏天極見平蕪遠，負手仍思少日狂。勸酒女兒歌妙曼，卻辭銀盞望穹蒼。

參加杜甫草堂年會，隨諸賢遊內蒙古草原，口占七律一首，呈諸君子哂正

陳志誠

風輕雲澹野茫茫，塞外奇花吐異香。白髮南人初試馬，草原牧客樂烹羊。豪情歌女柔情酒，醉意書生快意狂。聚散匆匆誠轉瞬，青山千古獨蒼蒼。

隨杜甫研討會群賢登泰山有作，呈葛景春先生哂正

今年八月下旬，余與葛先生於內蒙開會，同遊草原，得蒙贈詩。

東嶽晴兼雨，飛車眾彥臨。懸空索道直，近暮亂寒侵。遠嶺成層浪，雲光散薄陰。瞻臺（瞻魯臺，孔子登泰山眺望處。）思聖哲，誰復見天心？

奉和鄺公健行登泰山詩

葛景春

嶽高晴復雨，吾輩共登臨。日觀秋霞燦，天街暮霧侵。俯看蒼嶺秀，仰視岱雲陰。淩頂少陵句，沛然盈我心。

遊新羅佛教古蹟奉和洪瑀欽先生尊作，並留呈曾棗莊、周裕鍇、華鋒、孫克強四教授。倉卒屬筆，愧未成章。二千年十一月

詩文論罷接因明，共載馳車一日程。天溢晴光冬燦爛，翠臨瀛海嶺縱橫。千年佛國瞻層寺，石窟雞林説舊名。逸興滿懷飛豈盡，群賢願得賦新聲。

四川眉山市開蘇軾逝世九百周年學術研討會，訪三蘇祠

山川淑氣鍾斯士，人物風流九百年。文字金聲能擲地，襟懷孤鶴直凌天。初涼祠廟生秋色，今日鄉邦祀昔賢。不信餘才量二斗，陳王相遇與揚鞭。

梁羽生先生來浸會大學訪問三首

中原寥寂後，說部起南天。術過猿公詭，行趨郭解賢。縱橫離古轍，遐邇賞名篇。禹甸當今異，濤波武俠傳。

才人原好俠，健筆啟宗風。思運參西海，詞成泯斧工。篇言仍寄意，劍氣或騰空。廿載金盆隱，南洲善始終。

白髮憐魔女，冰川繼玉弓。陸離書四裔（先生重四裔學），霹靂破群蒙。詩境岑參變，儒言李贄攻。幾人俱此意？說法問生公。

北京昆明湖夜遊

白日虞淵下，游湖暫寂寥。岸燈時耀目，涼夜不生潮。飄拂知垂柳，來回過玉橋。何須多古意，指點話前朝。

香港回歸五周年三首

外海風濤險，洋夷砲艦堅。硝雲鋪廣越（廣東浙江），羽檄入幽燕。割土盟城下，交鋒潰陣前。從茲南向哭，志士舊山川。

荒島林篁密，遠人斤斧施。市衢分地用，經政任時宜。珠耀名都建，民康習論移。日明維港麗，北望轉長噫。

邦家仇九世，黎庶重微身。萬里輿圖補，崇勳史冊新。失調風敗物，數偃草蒙塵。煙火垂天燦，悲歡立海濱。

四川杜甫草堂蘭園開學術討論會贈張志烈教授

窗外晨煙濕不飛，黏虛稠葉綠濃圍。池荷宿雨凝圓滴，石徑疏花帶淡緋。世異人文趨淺陋，晨清風雅轉精微。閒階小憩從容立，每覺蘭馨欲沁衣。

草堂蘭園開學術討論會，健行先生見示大作，謹依韻奉和

張志烈

大廈巍峩勢若飛，叢蘭浥露碧城圍。涼亭照日波搖綠，暖柱臨階色盡緋。論藝論情求大道，見仁見智各深微。酒壚悵望思高李，捧讀華章效鉢衣。

成都參觀金沙蜀王墓地遺址及出土物品藏庫，詩以紀異。時二零零二年八月

雕像殊諸夏（雕像大眼高鼻闊唇，項後辮髮。），船棺載寶珍。長牙堆阜塚（象齒極多，重以噸計。），異璧接人神（玉器形制多種而奇特）。刳木周尋丈，埋骸重萬鈞（船棺伐樹挖空而成，樹有長達二三丈而徑五六尺重達十噸者。）。五丁雖力士，移舉目應瞋。

八月廿二日，參觀金沙古蜀都遺址出土物品藏庫及戰國初期船棺墓葬，健行先生有作，謹步韻奉和

張志烈

蜀址三星古，金沙一脈珍。牙璋肅朝會，琮璧禮祇神。飾面金成箔，賞心玉作鈞。更訝船棺偉，環視目皆瞋。

杜甫年會酬唱詩二首

奉和張志烈教授〈許君女弟子發言祁教授評點戲作〉

清言娓娓聽談詩，秋圃微馨散嫩枝。老鳳啄翎憐幼鳳，佇看嘹亮入雲時。

許君女弟子發言祁教授評點戲作

張志烈

妙引兒童味杜詩，柔風細雨潤新枝。評家情動惺惺惜，輩出才媛共一時。

志烈先生復次前韻賜贈，強依原玉，後此恐難步趨矣

獨有靈心獨詠詩，鳳鳴梧木最高枝。尋常燕鵲停喧噪，莫雜笙簧共一時。

健行先生賜和復次前韻

張志烈

檀口靈心妙解詩，巴姬蜀女本同枝。少陵堂下霓裳奏，搖蕩神情憶此時。

履川師《頌橘廬文存》收入〈送鄺健行游學希臘序〉，伏讀感慨

夫子避烽煙，將老奔嶺嶼。中原一髮望，自茲懷鄉土。上庠倡風雅，諄諄勉學古。同堂多俊英，雛鳳五色羽。翹首每清鳴，怡怡沾化雨。我隨諸君後，鈍蒙何足數？勸勵反扶攜，大匠運斤斧。削理指贅棼，詞淨章合矩。先生涵負才，少陵仰宗主。深心干萬象，揮斥仍纂組。小子情興僻，蟲吟嘶鐘呂。瑤姬義山豔，泣鬼長吉苦。垂誨詩眾途，二李亦媚嫵。拾級到高顛，從容重按部。永誌弘達詞，豈作世儒腐？絃誦四載畢，青歲慕鵬舉。海西求哲思，海東籌遠旅。擬登眾神山，幽尋水仙浦。一朝振衣往，師友殊沮阻。先生壯意氣，溫言獨背拊。長卷寫序文，前修相引許。通人鮮滯礙，感激藏肺腑。歸來事終虛，悠悠邁寒暑。賢哲捐館舍，歲陽再紀序。昔年狂簡徒，少壯不復睹。奘淨及道銘，何由繼步武？極愧負所期，捧書悵無語。夜風動秋窗，微涼滲縷縷。

重慶大足北山巖刻佛像當年有遭毀壞者

接目應疑幻不真，漫從劫火話前因。三尸乍出迷諸竅，千手（千手佛像）何能護一身？江國有情添悦懌，世尊無語示艱辛。往來訪客多哀感，尚憶當時泣鬼神。

登山

攀躋星月隱，盤折唯碨磊。黯默屢失途，退趨幾度改。縱目抵高峰，朝陽浴東海。擡望碧瑤闕，運轉有真宰。蕩漾盡生機，天地流霞彩。隱約登臨徑，草木光燦璀。回思昨夜險，險絕終不悔。

昔在海西，嘗與友人往鄉間小教堂作聖誕子夜禮拜

飄鐘緩起漾長空，子夜燭白焰搖紅。黑袍垂地似龍鍾，濃髯神父立從容。撮指右肩畫十字，左手後前盪法器。入門幼長靜無譁，一發讚歌喜欲淚。至道胎凝示世身，大星吉兆光芒異。寰海元元茲不迷，仰接祥和驅邪魅。淺堂村落記華年，展禮虔虔共敬天。深宵側聽平安祝，對影聞聲識嫣然。

沙田新亞書院山頭望海

兵燹乘桴避，南陬望北辰。瀰天昏祲起，動地百神瞋。識邃通時變，言高啟日新。煙波仍渺渺，仰止哲賢人（錢唐諸師）。

睇戲 香江亦一戲場，自有演員場景。

六年風雨問荒唐，負鼓何人正作場？揖謝天孫徒織錦，拋殘雞舌漫含香。倚門身冀千般寵，眩目珠銷九色芒。最是橫來災祲急，海濱寥寂月如霜。

有感 石禪師逝世

吉人天眷鶴松齡先生享年九十有五，猶惜儒林逝典型。碩學乾嘉通說部，游蹤英法訪禪經。淵微豈限傳紗帳，博雅相推重雀屏。三紀海隅蹊徑闢，自滋蘭畹自留馨。

有感又一首

周游快意歷殊方，便指征車舊圃場。渡口幾人看衛玠，溪頭雙璧贈夷光。深宵應悔緣終始，眾女能知語抑揚。一隔幽明悲豈極？呼天徒憶會暄涼（余撰挽聯：「已似雲煙，不論暄寒招內集；獨餘涕淚，每慚終始負先生。」）。

晚宴

別昔

今夕復何夕，掩映銀燭光。柔波窗外靜，輕樂奏絃簧。明朝自茲遠，離席設華堂。嘉釀泛紅紫，橙橘帶秋霜。次第肴羞奉，騰散味濃芳。之子浮雲眺，含思忽來翔。執手驚定喜，獨喜少年狂。共飲香江水，相顧度初涼。孰云中道別，天意降倉皇。筵前渾不語，垂目不沾嘗。彩雲散豈聚，此別知參商。願言迴舊夢，一笑現明妝。

中秋絕句三首

宴罷獨歸來，中天秋月好。郊野盡空明，身影伴人老。

依舊團團月，流年不可思。涼生星漢隱，久立有情癡。

十七華光淡，灰雲黏遠空。前宵掬水月，水月反玲瓏。

秋興三首

水底羅雲瀲灩披，經天輪日布秋熙。悠悠俯仰清颸拂，不學梁鴻詠五噫。

天公着意抹斑斕，看盡秋濃山外山。大醉百年初抖擻，仙才兼遣彩雲間。

已無慷慨論沈浮，意興猶酣對九州。更出雲衢千里念，玄空奔電過神舟。

高門行

兩晉高門，世頗詬病。余謂人物匯出於此，安定邦國，未足全非。作〈高門行〉。

烏衣巷深門巍峨，晨昏風定積花多。室中有人懷江渡，迎妾曼吟桃葉歌。市廛着襦縫紫羅，自擄胡牀看經過。企腳北窗遒興起，琵琶取抱恣彈摩。王謝風流殊可羨，時議相嗤貶狂狷。高屐傅粉眾少年，揮麈何曾明世變。每思淮上用奇兵，泛海意閑浪不驚。休云憒憒正封籙，丞相恥作新亭哭。

論詩絕句四首

履川師昔誨以詩宜真宜新，中心藏之。

孤燈挑盡未成眠，草屋寒儒晝九天。已是計時分晝夜，偏聞更鼓度流年。

新醅斟出散濃馨，勸飲何須忌舊瓶。唐宋藏春雖絕妙，仍思異味別淄澠。

鶡里先生履川師自號厭腐陳，要憑健筆寫時新。地球周運猿公祖履川師有句云：「大地球耳運萬紀……初祖紛說源猿公。」，高詠奇精並昔人履川師推重陳散原善用新意新詞入詩，且多引例證。。

縱橫彩筆啟靈臺，詩料尋常生面開。莫道今詞難入雅，諸君誰是出群才。

元朗鄉居即目二首

園卉香泥出，溪禽濕羽行。春迴思大冶，噓噏育群生。

忽然嬌語過，素手弄柔枝。花豔華年映，摘花牽一絲。

戲贈鄺健行先生三首

先生甘寂寞，朝暮坐空虛。過眼隨開謝，澄心絕卷舒。花鮮微雨濕，日漏彩雲疏。郊郭春容展，何能閉戶居？

少日游邦土，圖南詠五噫。遂乘霄漢翼，直下海西湄。霧散神峰現，辭雄哲士師。可憐搔薄髮，俯仰剩追思。

春日非全好，飄飛始墜花。撲衣迴舊夢，解語入誰家。水闊芙蓉遠，塵紅蛺蝶遮。斯人應悵觸，容易負芳華。

奉酬金滿兄戲贈

廣野斑斕色，餘暉澹蕩天。采濃移互會，春晚閏（今年閏月）斯延。生意蓬蓬起，玄陰漠漠遷。曝陽歸噪鵲，耀目長紅棉。水活溪魚淨，香浮徑卉鮮。過人多語笑，寵物或攜牽。三合驅枯槁，南陬轉茂妍。自宜遵節氣，安敢負芳年。偶作飄飛詠，無關斷續絃。舊游曾惋惜，孤隱不焦煎。楊尉仍強項，陶公可運甎。歲時思譯著，光景喜摹傳。寂寞詩家筆，逍遙奕局篇。縱詞隨興感，守我辨方圓。友伴雖嘲謔，裳衣未倒顛。上翻殊浪影，霄漢月依然。

孟浩然墓（墓在今襄樊市）

後祀推高隱，群生念昔賢。風塵京洛路，感興雅騷篇。孰解歸山側，我來傷墓前。仍流襄水曲，神女儻言旋。

雅詠篇送鄧小軍教授北旋

雅詠時非宜，薪火微未絕。昔余教上庠，斯道嘗析說。學步諸生競，烏性山光悅。覓句初成篇，調律求合轍。興懷自不淺，辛苦豈云輟。黽勉畢課業，追古志彌決。伸紙仍推敲，沈吟晝夜迭。神運屢登觀，雲描麗卉擷。璞社遂催生，同志會每月。少學數六七，座中另詞傑。光氣揚韋金滿陳致，劉衛林朱少璋恣搜抉。思昏畏問年，耄衰聊在列。肺肝傾吐盡，珠玉群才綴。一堂和不同，毫釐細磋切。散馨墜天花，霏霏飄玉屑。兩載徐徐近，嘉什頗成帙。鄧子京華客，涼秋下南粵。進退惟溫雅，中懷秉淨潔。操尚輾轉傳，冠蓋情匪熱。積稿言百萬，幾歲撰瀝血。解識標孤明，目空改心折。對茲知怍慰，聲名垂不滅。筆下論無疵，筆端綵復結。感興或緣情，摛辭清似雪。嚶鳴互求友，入社窮詩穴。五言含深沈，長歌肆宕跌。咀嚼味醰醰，諷誦口甘冽。中原憶寥寂，雅道一時歇。老成既凋謝，新銳疑忽蔑。孰料古金針，襟懷藏不缺。先生浩劫後，蓄聚與眾別。孟夏不請來，海隅天已爇。炎陽誠炙膚，花香亦濃烈。方擬臂重把，入林同飲歠。遽言征車北，怔營氣欲奪。日下嶺嶠途，漫漫逾胡越。再見有時難，何能止悲惙。鴻飛雖冥冥，指爪泥留鍥。交誼記終始，禿管忘薄劣。所願長康強，君子聞守節。

香江炎暑羅湖站頭

赤帝初夏已暴瞋，揮手彤彤鋪火雲。方地穹天中扇噏，炙肌沸氣如蒸焚。羅湖站頭無間隙，一時千萬神州客。分移寸舉步履難，喧呼衣濕汗流額。鐵道一線來遠旅，仍思有生臨樂土。豈是清涼亦可畏，嶺嶠騰炎未足苦？咨嗟何處覓清涼，不限南溟與北楚。

中元節燒衣

節前燒衣，粵俗也。民婦夜間街頭陳祭品，焚冥鏹，所以饗先世鬼魂，並順利重入鬼門關也。

紙錢飛燼入幽陰，合拜求靈曲巷深。夜寂孤魂飄不定，月明虛影過難尋。冥關鑰啟憑貪鬼，秋節門呼賴錠金。追遠休譏民德薄，且從炎火見天心。

讀友人中元節詩有作

如椽直筆寫元元，一紀呻吟舉世冤。大野未埋凝血刃，中宵時泣斷腸猿。猖狂詭語迷黔首，齷齪青蠅繞至尊。君自涕橫悲舊國，飄飛仍有待招魂。

天津有懷少璋君，時君在北京

一時孤影對誰親，觀國遙知卻俗塵。清洌早推黃仲則，芳馨能悅屈靈均。已無擊劍悲歌士，且幸蒙恩盛世春。登覽長城詩幾首，望窮蒼莽或傷神。

酬少璋君品茶清談篇，並簡韋、劉二子

何必悲秋詠客途（客途秋恨）曲，清茶品後漸歡愉。揚謳激訐聲仍轉，入理希微語慢鋪。未覺耄衰惟落寞，每聆諧謔共胡盧。宵深住筆酬嘉句，搜盡腸肝臟磁砆。

讀《荊山玉屑》二首

嶺南斯處即荊山，騰漾輝光遍九寰。半是風人半雛鳳，吟成一卷擲斑斕。

閑閑下士漫雌黃，西海横傳説異香。神女漢皋仍綽約，我來幽谷訪明璫。

揚塵一律集《荊山玉屑》中句贈璞社諸子

嬉笑聲猶在，至今多少春？好花能照眼，飛絮不無因。海內誰云近，長憂孰可申？徒然雙鬢白，拭目看揚塵。

各句依次出以下社員詩：張佩儀、陳彥峰、朱少璋、周偉雄、朱少璋、韋金滿、周偉雄、韋金滿。

南歸道中舊照

百載蜩螗豈獨歡？少年心事拍欄杆。鳴雞翻喜河山白，入國爭知道路難。寂寞幾人臨易水，倉皇五噫出長安。不辭割厲風霜客，望盡橫江渺渺寒。

罷飲希臘咖啡近三周年二首

濃香西海解牢愁，四十年來斟不休。慢煮銅壺湯始熱，旋調小勺粉微浮。更番指日長相寵，到底分襟莫與儔。肺病少陵同罷飲，予懷渺渺倏三秋。

也曾席側遞濃香，一笑相看淺淺嘗。疊染海藍浮近遠，徐來暮紫易暄涼。山雲閉盡窺神窟，梯石殘餘指劇場。已似舊游消蜃氣，分飛永惜對蒼茫。

讀巨鴻兄記前事詩，仍用「宓妃留枕魏王才」意奉和

手種芝蘭歲月悠，護持寧許此生休？含香錦字綢繆託，浴水仙姬宛轉留。虛幌證盟知語細，山雞照影任啼愁。皇天三拜今承寵，不上青詞隔世求。

南亞去年海嘯三首。二零零五年三月作

至宰仁疑薄，高臨問罪愆。浮層移地表，分野誤星躔。海動濤掀立，災生物不全，鯨鼉拋擲死，黎庶漫呼天。

瞬時成葬窟，二十三萬人。氣暖生無苦，時閒祀有神。天堂嘉五國，沙岸接游賓。凶嘯椰林外，何為上帝瞋？

滄溟轉懌夷，樹杪萬懸尸。土震西東斷，民餘痦寐悲。匐行爭飲滴，哽泣喚親兒。夜半疑幢影，歸魂上下陂。

寄董、伍二子

董伍二子何所喜？中宵電腦傳文字。殷勤酬詠效前賢，短章殊寫深藏志。諧談析罷疑正言，不信集名只相戲（朱君編有《相戲集》初稿）。上庠游息同曩日，於今璞社聚仍至。風求雅索且三載，習習翅張與昔異。律協韻安辭鍊穩，縷縷吐吞幽微意。或融中外兼今古，篇宏下筆頗酣肆。倘若囊珠瀉騷壇，豈必少年居末位？詩老高座仰誇誇，濁酸有時招掩鼻。電郵亟亟思嚶鳴，同門擱筆緣底事？暮春好雨復薰風，南國生機蓊勃地。晨昏料峭易生情，登臨蠲俗起高致。毋謙薄拙停摛藻，功成誰不多嘗試？二子黽勉吾所許，願看遠道奔騏驥。

清明節贈某君

曦駕鞭揚失銀浦，曙空收淨清明雨。何人假日不高眠，有士術衢行踽踽。岸北看愁山外山，縹林下接中原樹。一從九死歷江關，便隱南雲身轉閒。入目繁華逾十載，任情歲月染鬢斑。卻憐自執心頭結，依舊徬徨依舊熱。時節廣場刻記深，衣潤霾濃呼泣血。已矣乎，願抑悲，晴陰瞬變孰能知。天心枯冷終疑改，亭午熙和君且待。

希真子久未到詩會，賦詩寄問，並簡劉、朱二友

先生邁俗眾人師，筆底風雲志所之。高座待虛塵幾拂，雅言詠寂事堪疑。入林豈逐桃花水，嗜藝長迷橘叟棋？狂簡歸歟夫子喟，只今游夏寫催詞。

天山山谷草原

映空七月雪，皚皚崢嶸上。天山聳邊陲，東西千里向。逶迤鋪谷原，環迴青澹蕩。幾處散牧群，白羊悠然放。日煦滋夏草，人畜俱健旺。蒙古哈薩克，賃騎置幕帳。扶客穩據鞍，少年鞍後傍。鞭輕騎稍馳，折旋令不抗。微躬長南土，土狹難廓曠。渺立穹廬下，游目激氣壯。董生試上馬，展顏神色王。自慚非矍鑠，踏鐙甘退讓。徒憶青歲游，低首惟怏悵。仍幸束裝來，新疆成三訪（九八年以來三入新疆）。

新疆紀行三首

伊寧逾去遠，有客赴原阿。雲闊殊黏地，邊寒昔負戈。橫天消氣沴，執手願人和。慷慨臨西域，朝曦大野多。（烏魯木齊赴伊寧）

縱覽天山綠，遼遼鮮草原。晴光熏牧野，高樹覆泥垣。雲彩移留靜，羊群竄擲繁。車塵三百里，指點及黃昏。（過那拉提草原）

餘暉鋪絢麗，午夜始言消。未掬高山雪（時維七月），惟觀曲岸潮。夏涼仍四起，遠塔似相招。我欲舒長嘯，湖空破寂寥。（賽里木湖）

奉和鄺公健行先生〈賽里木湖〉詩

葛景春

遠行將夜半，夕照未全消。湖面翻清浪，霞光染赤潮。相機頻復舉，朋侶喜相招。揮手登車去，長歌破寂寥。

余與諸子將赴盧山會議，深圳機場候機室中，楊、朱二位論茶，遂貽此作；兼示就雄賢弟

自是高情任固窮，遺編獨抱敬盧仝。入雲訪雅思匡阜，出日振衣觀瀑虹。光景消磨言汲水，壺杯斟酌腋生風。正酣茶話登機急，七椀如何語未終。

廬山詩會後游覽九江

峰雲抹淡九屏張，我輩登臨訪雅章。漱齒南人誰謝朓，調聲北地幾漁洋。將臺公瑾風流絕，水曲江州寂寞涼。喧攘塵飛知勝景，一天霾霧望鄱陽。

拾葉

江西師範大學白鹿賓館園林初宵漫步

落木鄱陽濱，初宵清泠裏。舉步踐無方，宵光凝明水。影微墜彷彿，沾泥鋪蒼紫。蕁收不揚風，枝枯自難倚。蕭瑟既天迴，憔悴惟地委。俯視忽惘然，俯身憐阿子。徐蹲撫殷勤，沙沙若傳耳。青盛想鮮柔，黃變乾肌理。冬雨相欺後，招魂向濕滓。及茲拾一片，秋色塗掌指。願攜秋色歸，我家最南紀。

盧山聯句二十六韻

鄺健行　楊利成
朱少璋　董就雄

廬峰煙霧繞，廣廈會騷人。絡繹詩書贈[董]，紛紜韻律陳。海隅聯袂至，雅道問誰親。指點非饒舌[鄺]，吟哦復費神。涼風吹夜入[楊]，湊句試情伸。幸負遊山興[朱]，空馳躡景輪。快哉明路示[董]（軍人總會長指示詩歌寫作方向），莞爾下民淪。臂振風隨起，聲呼眾愈馴。移時縱客散[鄺]，向晚舉盃頻[楊]。湧翠筵堂邇，凝霞蒼昊勻。呶呶嗟擾耳，悄悄願鍼脣[鄺]。茶劣歡逾減[楊]，詞常句轉新。燈前識古意[朱]，桌上憶山珍。朝發黃龍寺[董]，初消織女津。雲開青蕩蕩[鄺]，日照錦鱗鱗。空谷藏潭二[楊]，幽篁吹籟純。同參味外味[朱]，孰解春無春。湖畔沽桃美[董]，樓頭對席顰。菜疏聊墊碟，僕慢懶迎賓。組織絲終亂，安排事豈均。腹誹能以目[鄺]，鹿指政同秦。詩國難言大[楊]，文心只重真。吹噓何可道[朱]，感興正堪循。吾黨誠三兩[董]，毫端或百鈞。浮輕持事戒，温雅斂鋒論。紀實齊聯句，沈思夕與晨[鄺]。

奉和葛景春先生近惠大作

幾回瑤采惠中州，俠氣高情筆底收。句有鶴聲飛一一，別從柳岸憶悠悠。朔邊沙起龍盤柱，岱嶽雲開蜃吐樓。指點昔年同遠望，重逢佇候話沙鷗。

寄鄺公健行

葛景春

君居香島我中州，心緒翩翩思不收。聯句江南秋水淨，狂歌塞北夏雲悠。談詩共祭少陵墓，論俠同登太白樓。攜杖欲隨鄺公去，飄飄天地兩沙鷗。

憶海西民族舞三首

短袂長靴赳赳來，紘繁步急兩相催。素巾緊執騰身起，衝地飛鴻未拂埃。
叱咤能教敵氣頽，探腰行列一時開。刺空匕首芒如電，三轉隨身帶殷雷。
漸弱昏光次第推，村頭漢子倒罇醅。當年我亦胡旋舞，願得佳人笑一回。

自寫

紙上雲山不論真，披衣研墨起斯人。空明一室清如水，自寫深心自寫神。

迎程章燦先生

一九九一年以後，余數至南京，因賦舊游，並迎嘉客。

已非少年遊，南朝佳麗地。秦淮起秋煙，孰云脂粉膩。水瀦泛垢光，笙歌無所自。我來遂寂寞，夜涼時酸鼻。彈指逾一紀，眼前歷歷事。江國忽改妝，天地原非醉。垂柳浴陽和，夾岸長行翠。鍾山未倉皇，蓊鬱饒佳氣。之子話興衰，上庠究亂治。一夕決圖南，飄然海隅至。登壇論高深，迷蒙每迪示。其年嗟豈及，學林傳姓字。璞琢既光芒，方壯知精粹。我昔上閑堂（程千帆先生），微躬不嗤棄。慚託蘄春脈（黃季剛先生），傷明擬良驥。注茗宿交談，揮毫橫幅賜。莫張（莫礪鋒張宏生諸位）游夏徒，肅肅堂下侍。俊才數七八，後先碩師嗣。綠鬢始風華，先生列稍次。光景逝沈沈，大匠陰陽異。承教欽雅懷，展卷感厚誼。杖履悲難謁，何以止永思。敬接傳衣人，如在或一二。況復揚清芬，芝蘭閩海（先生福州人。）瑞。

杜甫草堂學術會議重晤張志烈先生，述事有贈二首

溪水藍於染，乘雲下浣花。賓迎趨執手，齒落告懸車。漸解無言悅，間斟七椀茶。故人唯益壯，對面每慚嗟。

昔賦三星館（三星堆博物館），叉吟和怪奇。海隅風始接（先生嘗到香港開會），堂畔藻仍摛（往日草堂酬答）。錦水秋波起，微躬諸彥隨。當年揮灑在，執手慰相思。

杜甫學會第十三屆年會鄺健行先生有贈倉促和答

成都張志烈

錦里秋風動，岷江激浪花。良朋來皓月，詩興起奔車。說賦明唐律（先生論文辭杜賦，析論細微。），論心品蜀茶。天涯知己在，老病亦忘嗟。

奉和次首　　前人

唱和依劉白，吟聲慕偉奇。金沙新舞接（今晚將看金沙新舞劇），玉筆美辭摛（先生必有佳作）。南北身長遠，漆膠心久隨。登樓祈萬福（草堂新建萬福樓），東望永相思。

草堂杜公圖像書感，敬步鄺師健行贈張志烈教授詩元玉　　董就雄

地是千秋地，花憐舊日花。草堂迎墨客，幽徑絕塵車。坐聽精微語，時嘗馥郁茶。哲賢多失路，瞻仰共咨嗟。

草堂書感敬步健行師韻　　前人

寫意來天府，相逢自俊奇。文趨賢士學，句就浣花摛。茅屋秋風過，水流閒葉隨。往還聲漸杳，物色滌吾思。

杜甫草堂學術會議，吳河清女史惠贈清明上河圖影卷二首

市肆民情千古留，毫端歷歷繪中州。已非七國城門裏，有士臨風刎頸酬。

幾日同薰塞草香，馳車大漠數牛羊（女史前時參加內蒙古杜甫研討會）。波生錦水文君地，再接蘭芝古汴梁。

自題《金梁武俠小說長短談》二首

説部亦可觀，尋味成童始。搏兔敢輕心，反覆探宗旨。獨立不憑人，長短求其是。

少日慕縱橫，縱橫千萬里。來歸入上庠，殷勤植蘭芷。老去未頹唐，仍寫豪俠士。

讀朱、伍、董諸子詠拙著《金梁武俠小説長短談》詩

兀兀任寂寞，平生或著書。所以胸臆布，豈重邀令譽。意來迎汩汩，神定寫徐徐。章節始末穩，快意擱筆噓。薄冊論金梁，長短試抉梳。陳義誠卑陋，敢雜眾紛如。諸子且贈閱，題詞話厥初。傳郵竟張皇，來往擲瓊琚。韻字哀不幸，顛倒恣執挐。三誦終含笑，頷可搜五車。舉目好下里，有士入石渠。況復言儒雅，清華竹木居。忽然壯意氣，劍鋩劃空虛。明水月下生，點滴承方諸。時節換冰寒，冰寒思起予。喜君游已遠，從容筆儵魚。我登崖頂望，矗矗無腫樗。

敬酬洪肇平先生。先生春前惠詩，春後始覆，至以為歉。

丙戌正月十六

自是風懷淡不堪，花鋪如海懶春探。閉門筆禿同人老，對月身孤共影三。興逐潮來君壯詠，酬經歲度我深慙。敢齊高格揚騷雅，頌橘虛隨法未參。

乙酉歲暮太古城酒家遇鄺健行教授

洪肇平

海濱此際欲回春，太古城頭聚故人。往事堆胸吟橘頌，行歌鬧市傲儒巾。
潮來天外青如許，詩到吾儕格絕倫。酬唱旗亭題壁處，揚風弘雅壓悲辛。

情人節獨坐濱海茶苑縱筆

幾曾此日喚卿卿，未遺花鮮照眼明。遠岸細濤如雪冷，一堂俚曲亦風清。墳前鴆碗書莎劇，潮外伊人約尾生。最是兩心神矢貫，欖枝編罷若含情。

讀友人〈情人節·附錄〉詩有作

迷離誰與話荒唐，怯上層樓獨望洋。指犬（希臘人言「指犬為誓」，亦中國人「指水為誓」意。）靈溪終水月，繫繩雙足豈鴛鴦。目成西子拈花好，氣感東君寄意長。底事狂童盟約負，絕癡贏得九迴腸。

余出席唐代文學研討會凡六七屆。歲月逝矣，實宜息駕。作此賦別，並敬呈會長傅璇琮先生

江南江北屢周旋，看盡花繁亂墜天。晚景未參無住誦，遠文願出有生年。四唐雅振推高座，後浪冰生繼昔賢。八月京華環揖別，清風迴首總茫然。

贈葛景春先生二首

十年何處話流光，試憶山川詠渺茫。八月京華重執手，中州豪士尚堂堂。

謫仙奇氣任橫縱，有士歌行五嶽峰。律調翻尋研子美，佇看角徵換從容。

承教奉和鄺健行先生二首

葛景春

奇峰疊見畫風光，入地翔天搜渺茫。煮酒論詩思誰健？香江一幟正堂堂。

少陵妙筆最奇縱，大雅歌詩眾仰峰。一曲高吟驚四座，綸巾羽扇任從容。

古意奉和湯華泉教授；賦別諸君，情實難已

江頭江尾隔殊方，宛轉相思歲月長。與子晨昏同此念，任教草綠又枯黃。

對鏡二首

不曾臨鏡每咨嗟，凋盡容光負歲華。與子三人仍對舞，穿窗影臥日微斜。

飛鏡嬋娟孰可邀，人間白髮有蕭蕭。敢辭碧落空寒裏，永駐青春永寂寥。

九龍城寨公園

天不憐，金甌缺，運會陽九國危絕。遠人嘯指水湛藍，經緯橫縱恣剪截。寨城百畝治故邦，侷促舊衙等巢穴。一從小島海西通，新妝簇簇嬌玲瓏。歌舞無愁逾世紀，東君長眷起春風。可憐百畝任生滅，沴氣趨鍾陰蒙蒙。祖跣圍爐動食指，不同屠狗古燕市。喧聲昵語耳邊傳，搏塞憑陵脂俗膩。短巷燈昏影伏蜷，癖毒神枯乾骨髓。回歸畛域豈再分，好共名都一體新。推土整平莠穢去，林園廣闢惠編民。藉草傭工歡永日，穿花幼長踏清塵。有客徐行意蕭散，廣蔭臺前曝冬暖。擬尋陳跡向空虛，試比今朝花香滿。

聽冼劍麗唱粵曲〈李師師〉二首

殉國除簪麗質纖，高冠寧不愧香匳。綴珠詞客傳深婉，唱曲伶工起肉廉。初出泉流鋪地滑，幾旋鶯囀入天尖。難言三折腔輕倩，惘惘余懷對遠蟾。

豈任攘夷弱且纖，平康粉黛滿妝匳。瑤琴撫罷新承寵，鐵馬來時孰守廉。爭拜路塵追祿厚，解全晚節拔簪尖。幽蘭墮溷悲哀絕，染墨雲生蔽彩蟾。

粵曲〈李師師〉

〔打引〕汴梁城闕笙歌冷，絕塞胡笳動帝閽。

〔士工慢板〕醉杏風流成往事，焚香拜懺禮慈雲。師師命薄似飛蓬，淪落青樓悲墮溷。幽蘭空谷難為賞，欲脫平康怨未能。卻緣寺宦多饒舌，瑤琴一曲竟承恩。妝閣杏花題御筆，玉奩明鏡映宮燈。碧玉羅衣

〔轉二王〕端賴君王賜贈。從此春滿玉樓歌舞地，紫綃簾動暗香聞。

〔雨打芭蕉〕主上清宵微行御駕臨。終因鄭后知聞，在皇前直諫陳。勸道微行多險，莫再臨淵深。此後龍樓愁自困，可奈心猿終不禁，尚時時贈與金銀。

〔起南音短序〕侍臣張迪，妙計獻皇君。暗築離宮畫閣，起連雲。複道潛通宜駕幸，只為城東夜夜，露華深。

〔轉乙反南音〕豈料歡娛未醒邊情緊，轉眼繁華事散逐香塵。莫道商女不知亡國

恨，紓難猶知犒六軍。太乙宮中未許為護蔭，願乞慈雲觀裏

〔轉正線南音〕息紅塵。

〔反線中板〕宋江山，烽火漫漫，大好中原遭劫運。張邦昌，靦顏事敵，禍國殃民。師師含淚向誰顰？自問弱質纖纖，難負攘夷責任。矢誓不忘恩，可憐上國冕旒囚北地，中都兒女怨難伸。

〔正線七字清〕北望烽煙情莫禁，短檠愁對淚紛紜。國破與家亡多憤恨，拚教一死報紫宸。

〔滾花〕為存晚節脫金簪，自戕命殞。

〔煞板〕李師師！正是興亡未必關紅粉，殉國從來有幾人？

後記：曲詞殊佳，想出於文士之手。煞板「興亡未必關紅粉，殉國從來有幾人」？所見詩人篇章，未有如此意如此句者。爰錄全曲以供賞讀，且為拙作本事，俾助了解詩意也。

璞社春詞六首

海隅絢爛鬭春紅，眾卉開時沐濕風。耶誕新年歌舞罷，又迴舊歲數天蓬（天蓬元帥豬八戒）。

萬人祈福接金豬，豐足全年好晏如。有士灑然寧此顧，獨持雕刻報瓊琚。

初八風流聚一堂，桃花笑靨祝安康。嚶鳴四載知同氣，按節歌吟樂豈央。

形骸脫略頗喧騷，鋪紙聽聲意興豪。一字身搖延頸望，忽然舉手叫冰高（遊戲名稱）。

紅藍禮盒揀遲遲，同列高低猜復疑。伸指開封仍惴惴，只愁廉價獎非奇。

不望桑榆不悔非，聊乘淑氣綏言歸。何辭偶和生花筆，交映春風錦繡幃。

璞社雅集五十會三首

不上雲端住，凡塵莫染汙。從容遊兩界，活潑任真吾。結社生員訪，忘年日夕扶。深心循古轍，騷雅欲沾趨。

癡矣庭階子，來行寂寞衢。推敲誰解意，掐擢或傷軀。清景描何益，世風吹且殊。徜徉猶不悔，感激每嘘吁。

四載奔駒遠，荊山潤未枯。蟲雕仍綵筆，璞抱豈窮途。春色明桃梗，清聲集鳳雛。同吟今五十，雅會正歡愉。

讀諸友璞社雅集五十會，偶感酬答諸什有作

冰絲彈罷總疑非，寂盡蛩吟和語稀。空展蛾眉迎阿子，終遺荊璧擬明妃。流光照影娉婷好，幽谷傳聲輾轉微。珍重數絃絃五十，夜深猶起繫青徽。

次少璋弟經鳴韻長歌十四首

先師履川先生，書法名家，文集收論書法文章多篇。謹以韻語敬述師言章節，奉酬少璋賢弟高詠，散為絕句。

江干曳墜幾回經，書撰誰人瘞鶴銘。竟夕古香浮隱隱，摩挲惟得不勝情。

潮生潮落拓難成，水拓何嘗剜剔明。變化雲龍時一現，微穿鱗爪近真形。水前舊拓未經剜剔筆畫，真面尚存，惟拓本不多。

有正差嫌墨損靈，神州濃淡合規繩。終推東土羅紋紙，求寶宜騎入海鯨。水拓本有有正書局、神州國光社及日本印本。日本影印本用羅紋紙，古雅可愛。

鵬年移石本心傾，壁字寬奇尚足驚。蕭爽禪林藏永祀，不沾流水下東溟。

洗骸剔垢話新生，泯盡氣神安發榮。染俗鉤填緇素手，閒心摹得五官凝。陳鵬年移石出水後之拓本，亦尚不惡。其後有逐字洗剔，真意全失。又經俗僧摹拓，先用筆鉤填不清楚之筆畫，面目全非。

先唐碑刻粲繁星，要讀諸家親寶鉶。浸潤風神開別面，梧桐蔭裏鳳新聲。

依傍休空仰繼承，丰姿千百各經營。正奇樸麗俱移意，試比風暄共水泠。

臨摹執管慎初行，不邇羊腸遠晦暝。漢隸啓途途廣朗，循茲揮灑重如輕。

乙瑛惟謹入門誠，西狹徒奇鑿石青。臨渡倘尋登岸筏，張遷樸蘊角微稜。漢碑有廟堂摩崖兩派，乙瑛西狹分屬之。廟堂派字端厚，摩崖派字奇恣；張遷碑兼二家之長。

何妨探箸異葷腥，同嗜呼邀醉倚楹。畢竟太牢推正味，易牙未肯惜惺惺。先生對北碑態度保留

新體齊粱出漢扃，未諧律調唱旗亭。化蛾蠶蛹仍眠繭，元魏碑鑱豎異旌。北碑如齊梁新體詩，由古體轉到今體之蛻變時期，固有樸茂奇峭之美，但真正來說，畢竟是未成熟作品。

後士追新重懿名，北碑推揖起陰冥。旁參二十龍門品，古豔峭幽心可寧。字寫得有根柢，略參北碑意味，儘可一新面目。倘開始便學龍門二十品，會變成凶神惡煞。

南飛五石辭懷古，博覽通人論轉精。感物大書韓孟筆，要從微婉變崢嶸。

神昏乙乙酬詩苦，每啓傳郵草木兵。我任蕪心多梗塞，隨君囀舌聽嚶鳴。

得焦山〈瘞鶴銘〉五石全拓自作長歌

朱少璋

籠鵝不換黃庭經，京口癡臨瘞鶴銘。丹楊仙尉江陰宰，刻石曾抒悼物情。
華陽真逸撰清歌，上皇山樵落筆成。或云南朝或東晉，六法追源本末明。
鑿石蒼茫混沌開，撇鉤點畫爪龍形。逸少坐忘貞白死，天機隨轉各通靈。
舒張勢寬容走馬，篆隸方圓中矩繩。攲斜靠正窮通變，擘劃奇橫氣吞鯨。
古來大字無過此，山谷摹碑盡倒傾。一夕豐隆裂頑巖，狂濤摧助鬼神驚。
荒江鯤潛黿鼉窟，殘碑斷碣墜江溟。摩崖遺字無人識，碧水龍沈滄浪生。
百世等閒唐換宋，難從鶴壽悟枯榮。臘冬水落龍骸現，布席仰椎凍墨凝。
墨污被面臥江雪，艱難拓字字零星。好事聞風爭相至，刀錐剮削礪新鉶。
孤鱗片甲誰收拾，蒼涼幽咽付潮聲。文忠好古還集古，張堂邵亢賴傳承。
滄洲使君陳鵬年，尋碑問石頗經營。募工數十出江石，天寒欲雹風泠泠。

小者緪腰呼邪許，大者轆轤運繂行。五石千秋水始乾，顯隱無時任晦暝。翰墨因緣天所定，萬金求字一毛輕。有客居京風塵惡，感余好古意誠誠。持歸紙若千鈞石，湮湮猶染蘚苔青。珍重下風堂下讀，大兒辨字半模稜。小兒數字不得數，山妻驚怪龍涎腥。展卷未終狸奴避，玄澤華光射軒楹。我自摩挲交神契，依稀華表夢惺惺。絕壁危崖瘞胎禽，洪流後蕩前重扃。物化朱方逢甲午，壬辰歲得於華亭。爰集真侶徵前事，仙家無隱立石旌。未遂吾翔寥廓願，重歸遼鶴已無名。天人限界唯髣髴，陰陽縹渺亦微冥。藏山為裹玄黃幣，爾欲何之厥土寧。仙之人兮排班列，喃喃唄讖厭山精。雲煙過眼乾坤在，龍跡破壁露崢嶸。由來寶物得之不易失之易，長願離水避火免蠹遠刀兵。何時櫛風冒雨持拓校碑焦山下，記取雷震風嘯此是龍吟與鶴鳴。

留香

禪心無復記靈犀，看盡飛花葬紫泥。曉夢如何籬落外，一枝紅豔遞柔荑。

與朱、程、董三子韓國首爾夜話率賦

塵毛應盡近中宵，客舍清談不寂寥。七椀盧仝寧病頸，三年賈島任纖腰。江亭漢使言鷗狎，麗影騷人想夢招。惘惘桑榆看綠鬢，當時煙水憶迢迢。

韓國大田訪鶴山趙先輩聯句

鄺健行　朱少璋
董就雄　程中山

朝發儒城道[鄺]，風搖太極旗。華車輕似箭[董]，郊景美如詩。眾擬臺階謁[朱]，心傾堂奧窺。巍巍趙先輩[程]，藹藹鄺賢師。振鐸雞林遠[董]，放懷楊柳湄。有詩兼有酒[程]，能賦亦能辭。比興紛然至[朱]，粗疏奚爾為。欲澆蘭芷盛[鄺]，未逐浪濤移。韓籍須經眼[董]，漢江親考碑。惜哉唐佚簡[程]，久矣禮亡儀。既失求諸野[朱]，難堪歎此時。忠南黌舍麗[董]，東海學人奇。萬里趨宗匠[鄺]，千年絕世姿。名山藏著述[程]，一鶴動明夷。域外傳經教[朱]，帳中通滯疑。閒吟風雅頌[董]，偶涉畫琴棋。不以桑榆懼[鄺]，幾曾筲斗知。熱腸迎訪客[董]，豐饌敵長飢。賓主同歡樂[程]，門牆率穆熙。草萊誰闢路，羅麗重元龜[鄺]。

韓國東方詩話學術研討會會期紀事

下雲論雅頌，韓士夙相親。燈燦機場路，車馳大海濱。群山環索帶，黌舍掌陶甄。向晚消炎氣，臨階立主人（柳晟俊教授）。周旋知卓卓，述著頌彬彬。趨步殷勤接，登門款曲申。堂前時揖舊，席上每交新。博識來殊域，高文宣翌晨。探微徐剝繭，問學遂知津。魚目初同列（會議有不攜論文者）。清涇豈等倫。天花經眼眩，淵義滌心頻。首爾將觀俗，茶山先駐輪。牧民銅版鐫，西器土庭陳（丁若鏞茶山先生著《牧民心書》，又據西法作器械。）。伊鬱憐忠悃，低徊拜路塵。術衢京國直，意氣庶黎伸。諸俊聽過譽，上庠邀講賓。箕書能錯玉，周雅或求珍（講題為〈韓國詩話對中國詩歌研究的幫助〉）。好客佳肴滿，烹茶斗室醇。宵談三子共，浪語八埏臻。病矣盧仝頸，纖哉賈島身。英年唯興發，朽質臢眉顰。頗畏調平仄，誠能接火薪。曦光流灩灩，車道輾轔轔。大斥儒城訪，中途詩律遵。句聯提筆樂，體拗續貂辛。我寢稀來束，眾思紛入神。層樓緗帙室，先輩壽齡椿。契闊雲煙隔，從容出處詢。拙篇仍插架（李德懋《清脾錄》打印本，多年前呈閱。），清誨合書紳。席地脂腰倦，華筵友誼真。

風儀尊坦蕩，杖履去逡巡。北返天籠暑，茲行德有鄰。況曾臨故蹟，復得近烝民。禁苑牆生草，狹邪花耀銀。飛鴻泥既印，香島念難泯。極目嗟洋海，迢迢未有垠。

嗜好想爾作

少年振臂異終軍，揮去南天一片雲。北指幽并求俠氣，遠從周鄭訪遺文。禹域每疑牛急喘，蜀川豈賸犬狂狺。瀰腥拔刃今屠市，倍燬搥胸古汝墳。歸來寂寞意難遣，幾載秋河望清淺。八駿蹄飛壯穆王，一舶帆航記法顯。裝束迴身西土行，雲窺騁目環球轉。高巖封霧失神居，死海浮人出經卷。指點方舟雪嶺藏，唱吟木馬金城殄。曾醒曉夢似迷離，不悟斯人實婉孌。萬里暮年興未拋，易牙性本好廚庖。青空蕩蕩意隨遠，衰體昏昏自起嘲。難移鳥影知垂翼，既竭心泉合結巢。已矣壯懷甘掩抑，滅明舊跡寄推敲。

招游

勝跡江山我輩招，青春同覽上岧嶢。天光帝闕沉沉碧，煙點齊州渺渺飄。畫地近言空所住，囚身正恐拾無聊。何如攀立層雲頂，與子重噓世慮消。

離二首

殷勤曾執手，何處記西溟。水浴神祇出，雲行車馬經。啄肝悲火盜，滾石酷天刑。異蹟從容數，清音豈復聽。

柔腕探枝白，華年照水青。彩環編既罷，低語吐還停。未得神方檢，不期今夕醒。相分終老大，煙海隔冥冥。

丁亥雪災

玄冥忽入離，睥睨嚴不悅。歲餘布重陰，寒空氣慘嗇。湘黔百載暖，微飛六出雪。穀植兆豐成，黎庶舞臘月。豈意丁亥變，南土降禍烈。朱明曬河海，氣蒸升紫闕。滕六噓呼凝，巽二移百越。天裂好盆傾，天漏寧止洩。層鹽堆大塊，一夜冰厚結。舉城水電斷，冷鋒割似鐵。六畜死無聲，樑棟負重折。茫茫錦繡區，接目生機絕。一陽既初現，改歲近嘉節。嶺表千萬人，矯首思歸切。父母妻兒盼，團聚慰久別。嗟嗟行路難，六合失途轍。號泣無所從，異鄉影孤孑。徬徨念親遠，留滯肝腸熱。熒屏播歷歷，一旬災未輟。居者誠愴悲，觀者同嗚咽。上宰本至仁，生民胡不屑？

時間

始自始兮終自終，虛流無象思議絕。熾燄騰衝宇宙生，億分一秒元粒裂。飄塵太虛聚且凝，天體互牽森羅列。綴點沈沈展無垠，無垠有涘誠詭譎。星系微沙恒河數，太陽眇末八體說（太陽系今去冥王星，剩下水、金、地、火、土、木、天王、海王八星體。）。繞日地球第三環，一繞一年時段設。時段從茲作單元，光年常年或區別。圜土生成歷寒暑，四十五億長更迭。厥初氣降河嶽明，禽畜洪荒恣競嚙。直行初祖藪澤居，萬祼求存智漸茁。忽然靈鍾話天心，三千載間誕聖哲。仁義修平愛復慈，仰風匍匐眾人悅。可憐晦朔昧朝菌，大椿壽齡非比挈。廣宇時流百億論，三千絲忽安得截？終自終，無從掣。時自止，心自滅。蟪蛄何補能低咽？

米高積遜（Michael Jackson）離世二首

世紀畸人逝，寰瀛悼米高。雲行聲記遏，夢幻曲停操。十億曾纏散，無言任貶褒。霓燈排演夕，月步（米高獨創舞步）失翔翱。

幾曾聞守黑，快意亂雄雌。吐語柔如水，易容妖若斯。天公寧夜哭，下士或殃罹。藥石難療病，髮膚安可卑？

香港端午節賽龍舟

逐臣枯槁楚江干，佳節南天夾岸看。嬉世紛紜忘舊史，有人悱惻植幽蘭。賽龍鼓鈸標旗奪，揮槳華洋體力殫。莫賸沈湘忠悃悼，大夫遺恨換民歡。

京華述事贈杭倫先生伉儷

浣花隨處記流香，路轉肅登君子堂。出類有人陪馬帳，幾年浮鼻渡牛郎。燒天遠土南陬客，接席歡言青眼觴。三伏京華重聚首，風神依舊鬢微霜。

京華宴請效就雄弟作

京城盛會菜肴香，幻彩華燈憶錦堂。長鋏罷彈來越膾，靈心欲動坐江郎。不求年月三都賦，安得昏晨十日觴。明發出關歌浩蕩，仙山遙望白如霜。

延吉重晤王克平、徐東日、劉雅傑諸先生。香江一別，倏過八載，感懷賦詩三首

八年情事未依稀，曾踏春風送客歸。自在氣華饒卷軸，論壇徐語入深微。

對岸層樓一例巍，照天如畫綴珠璣。馳車海角初宵後，共指牆燈彩欲飛。

北疆寅夜露朝暉，長白晴陰山色圍。幾日殷勤扶掖意，南天回首每依依。

延吉重晤王、徐、劉諸先生三首書後

今年八月，余與詹杭倫、朱少璋、董就雄三子赴吉林延吉市延邊大學出席國際東方詩話學會第六次學術大會。余自首屆大會以來，每次參加；顧此行仍躍如難抑。蓋白山黑水，昔人所稱；而關外土俗民情異殊，亦南陬之人所亟欲訪覽者。況故交仍在，音問久疏，行將聚晤，樂如之何？至延吉，任範松先生即來訪寢舍，執手歡然。上世紀末，余與先生相遇韓國大田市忠南大學，幸獲攀交，爾來逾十載矣！先生朝鮮族人，當時任延邊大學中文系教授。及後數屆會議，先生發表論文，博通精深難及，余輒降心折服。二零零一年，香港浸會大學主辦第二次會議，余承乏籌辦會務，先生與王克平、徐日東、劉雅傑三先生翩然南下，講論傳譯，受教且仰仗者實多。及茲相見，先生風采依然，神氣清健。余年不逮先生，反羸弱衰憊，寧不有愧？先生雖年屆退休，校方猶懇挽指引後學，巋然為一時山斗。至王、徐、劉諸先生，今則或為系中砥柱，或他方傳業有聲。疇昔奉邀陪游，固已知蘊蓄卓卓特異；今果軒翥凌天，遠引將莫知其所止矣。會議既畢，余隨朝漢學者乘車游覽，探勝觀風，交流款洽。而詹、朱、董三子夙喜詠吟，況值山川人物之殊，下筆益不能休；間或邀余酬續。因思昔年與延邊諸賢維港夜游，情事如昨，固亦輾轉莫可忘懷而有不能已於言者，遂把筆賦七絕三章，應三子之命，以備他日刊載《延邊集》中。斯集今已編成，原委經過，有朱、董二子序言說明者在。余所質語者：敍三章寫作緣起，順及與眾君子交往梗概。二零零九年十二月六日。

與詹杭倫、朱少璋、董就雄三子聯句二首

二零零九年八月中旬，余與三子赴吉林延吉市延邊大學開東方詩話學學術研討會。往程宿京華一宵，詹君盛宴款接。會議以後，登長白山，望天池；復過琿春至防川市。圖們江經防川緩流入海，而海口片土，左屬俄國，右屬北朝鮮，登樓眺望，歷歷眼底。斯行前後八日，諸人既覽關外風土人物之殊，復悵然國土疆界往事，感興每生；於是敍事抒懷，紛呈筆下，成此聯句二首。余返港以後，稍稍效綴原稿，俾近完章。二零零九年九月三日補記。

自琿春赴防川聯句二十韻

二國防川眺詹，隨師過琿春。登樓風謖謖董，入海水粼粼。遠土誰興感鄺？橫流意待伸。平江指白髮朱，夾岸起紅塵。菸草牌名獨詹（北朝鮮香煙領袖牌，據云煙味不錯，防川有售。），河山舊夢頻。東疆文物古董，中國氣機新。鞭響羲和騁鄺，鐘鳴俎豆陳。炎黃傳一脈朱，朝漢結雙親。江架長橋直詹（長橋架圖們江上，橋中半為中朝國界。遊人可至橋面邊界線處，但不能舉足越線。對岸有房屋，然中空無居民。），影沈空宅真。雲泥隔一水董，父子頌完人。泣血邦如燬鄺，呼天孰近仁？政苛蛇可捕朱，王富庶斯貧。風雅竹枝唱詹（朱少璋君用竹枝體詠東北景事），劉郎正軌循。相從兩嘉友董，共指左柔茵。居室曾長守鄺，輿圖本自珍。蟾吞飛鏡缺朱，鳩佔失巢倫。望斷南雲雁詹，眠求越國薪。秋煙連碧落董，我輩對漪淪。香島仍歸漢鄺，圖們遠去秦。不堪擡眼處朱，濃綠莽榛榛詹。

北行聯句二十韻

吟哦相悅上雲天（董），撥暑偕行下遠邊。勢異岱衡山永白（鄺），源無湘贛水仍涓〔據云長白山天池池水恆充盈不竭，然未見水源所在。湘贛二水有洞庭鄱陽二湖。〕。探幽尋勝塵心洗（詹），摘韻成章佳句聯。山水清泠人且健（朱），襟懷高逸地雖偏。京華又至晴方好（董），草綠微浮夏亦妍。明早出關懷慷慨（鄺），良宵設宴寄纏綿。勤拈詩筆增遊興（詹），喜聚騷人結雅緣。李杜風流續誰氏（朱），詹朱才力並時賢。句搜難得南窗寐（董），客至何須直塌懸。求友嚶鳴延吉市（鄺），稱雄叱咤女真鞭。奇奇怪怪摹清景（詹），滾滾滔滔感逝川。不舍如斯夫子喟（朱），有朋自遠主人延。文章淺陋長忉怛（董），意旨紛紜自斡旋。眼底青山排闥進（詹），路旁新宅築基連。碩人北國冰為質（鄺），日暖藍田玉化煙。長白山頭頭欲老（朱），樂遊園景景難駢。瑤池蓄水深深碧（董），宿雨黏花滴滴圓。東界熊羆踪出沒（詹），北鄰泥滓步迍邅。休從舊史思常棣（董），但見群邦重孔錢。已矣我來聆古學，不論恩怨不論權（鄺）。

飲水

本月十九、二十日，新亞研究所在新亞圓亭開唐君毅、牟宗三二師百年誕辰國際學術研討會。余持杯水入場。一節既畢，出場小息，未飲半滴；因事賦詩。

紙杯半注水仍温，忘飲緣聽卓卓言。掌撫不同浮大白，心降幸與拭重昏。挽瀾新闡乾剛意，矯俗誰思自賤（牟師嘗指媚外輩為「自賤」）魂。秋暑海天（唐師常引「世界無窮願無盡，海天寥寂立多時」）多鬱燠，亭旁（圓亭為新亞地標，亭旁羅漢松早植其旁。）風樹葉搖掀。

奉和衛林弟唐、牟二師百周年誕辰紀念國際學術研討會上感賦

並世高賢不利牟，南奔滄海正橫流。書生錐立憂天下，長夜孤明孰可儔。

唧唧諸言總碎零，濟時何補復昇平。大聲金石開新統，要合天心出性情。

四方游夏聚斯鳴，共憶程門雪潔清。侃侃淄塵思滌蕩，如磐風雨守誠貞。

唐君毅、牟宗三先生百周年誕辰紀念國際學術研討會上感賦

劉衛林

彰明儒學說唐牟，論析精微盡一流。舉世滔滔誰與易，狂瀾待挽賴吾儔。

海隅花果尚飄零，百載承傳路未平。瞻仰前賢興絕學，縱然困乏我多情。

漫天風雨有雞鳴，絕世憑誰辨濁清。道路崎嶇同奮進，明夷此日利艱貞。

少璋君《曼殊外集》出版二絕句

西海盤桓終不居，歸來題惠雀屏初。詩人列島悲奴畜（拜輪〈哀希臘〉原題為〈希臘列島〉，中譯有「舉族供奴畜」句。），鴻學東瀛兼象胥。

音定眾言同譯代，事疑一士尚爬梳。敢持斯卷王郎贈（先時君曾商借石禪師題贈所著證季剛先生譯拜輪〈哀希臘〉論文抽印本參考，今不求還璧，謹持贈奉賀，供君他時鱗次資料備用。），辛苦曾翻夜著書。

暴雨赴詩會

友儕冥搜樂嘔心，陰陽萬象恣驅遣。余生（龍傑）綴篇電郵送，熒屏初讀斑斕顯。故轍祇遵千祼仰，西海旁參新意闡。非漢非唐味亦醰，不趨一途分履踐。長桌坐圍午後至，怡怡雅集待論辯。麈毛那須落紛紛，斟酌從容服言善。我居元朗新界北，晨興濕重氣殊喘。漫天雲黑疊頹濃，天心不樂連宵泫。霹靂裂空光閃横，雷車電神四遊衍。無端瀑流傾河漢，渡牛浮鼻訝清淺。啟戶決然衝雨行，衣履浸漬安能免。良會豈宜避身失，不畏泥濘不回轉。

楊、朱、伍、董四君酬和不絕。余深知四子，率筆賦贈

筆底清芬未肯消，斑斕互擲競龍雕。難尋雌霓（「霓」仄讀五激反）騰歡抃，不道高山解寂寥。
世眼懶論青與白，幽蘭每惜盛還凋。江原漠漠霑新雨，吟罷知君植畹苗。

國慶二首

上國招魂扼腕悲，巫陽罷筮任飄離。半生瑟縮寰瀛旅，怕聽炎黃外族嗤。

廣場獵獵有鮮紅，節日大旗升曉風。惘惘欲消前夜夢，萬邦敬禮又來東。

詠史二首

一代儒宗史筆摛，叔孫希世共委蛇。諸生魯國羞同路，漢殿功成定禮儀。（叔孫通）

弔詭陳橋玄武事，唐宗宋祖聖明君。直書史氏當時惡，幾日方知詠汝墳？（唐太宗、宋太祖）

璞社網頁

玉水潛漾滋靈根，荊山紅紫開無言。斂態自持不鳴世，谷峰深疊那能聞。我非閬風緤馬客，欲袖異香入俗群。遐邇疑驚科技用，濁塵濃處浮清芬。網頁從茲傳絕豔，搖曳吐芳春滿園。往矣萬千人登覽，朱子（少璋）談笑貼圖文。

聯歡憶楊君

不信風流散，春初料峭寒。并刀疑割席，犀角失沉瀾。指點詩曾雅，喧呼會極歡。群賢修禊集，猶自憶袁安。

春節聯歡會「冰高」節目戲作

不與河圖等，線連今在茲。聲喧群耳側，手舉獨身馳。釃盡頭籌羨，長唯獎品噫。冰高術安執？吾道一貫之。

看雲

目游意緒每紛紜，之子無心我戚欣。爭座頑癡傾好雨，壓城玄重染紅曛。鴉鬟夕解徒相憶，神女朝飛不復聞。濃澹百千形儻幻，悅愉豈獨願同君。

看雲又一首

讀杭倫先生作「又看玉樹結愁雲」句感賦

天心仁眷有疑無，玉樹邊城一夜屠。淨土何因撕使裂，淚眸自此泣成枯。煩冤青海埋新骨，黯澹愁雲想廢區。已見大人憐赤子，降災聽視總虛誣。

看雲

詹杭倫

才歇汶川驚夢苦，又看玉樹結愁雲。山崩地裂蝸居塌，子散妻離同學分。岌岌上蒼施惡法，區區下界壘新墳。冤冤相報無休止，人定勝天如我聞？

看雲步就雄韻，「流霞」起興

紫府明姬下彩雲，流霞邀酌席鋪分。始知仙骨珊珊具，得邇瑤笙細細聞。中夜初盟迷窈窕，此生長侍誓殷勤。自非劉阮求歸路，舉目濃封入俗紛。

看雲三首．其三

董就雄

摶風萬里入青雲，機上仙凡窗格分。龜兔雕駝朝我拜，溪船雪浪欲誰聞。眾山覽下俱為小，羲氏驅車未覺勤。直欲騰身伴孤鶩，流霞縷縷酌繽紛。

榕樹八首步程章燦先生韻

榕樹遍長南方，地處邊陲，入詠略少。近時城市發展，不無砍伐。此樹特異處有氣生根，然質非美材。一二首寫砍伐發展；三首寫少入詠；四首寫氣生根；五首寫質非美材；六首寫受氣生長；七首寫能蔭庶民，南土看重；八首寫程先生。

嶺南喬木此昂軒，每念婆娑悵可言？展蓋露承逾廣丈，瀉陰鄰聚避蒸溫。作場疏密秦琴曲，講史興衰舊夢痕（榕樹頭彈秦琴及講古，粵舊俗。）。一自繁華拓都會，有時辛苦覓垂根。

功成枯骨助將軍，闢境喑嗚千里焚。剪伐從施今代例，堆填伸接遠空雲。層輪老幹投淄土，直髮通衢改舊氛。試說淮王升帝闕，不戕雞犬共天薰。

柔葉隋堤點水圓，東風媒嫁委身憐。慣貽行客牽離意，頗藉手姿比妙年。淼淼海隅雲共遠，寥寥詩筆孰為傳。綠濃不是中州樹，山鬼來棲夜雨眠。

場無榮利鮮通窮，嶺外元和繞葱蘢。形異非藏根下土，氣温寧墜葉秋風。長淮踰畏更名氏，百粵居留守雞蟲。稠影周旋方丈地，不論象外不環中。

蔓草邀思碧色裙，堂堂竟與丈夫分。斧施未覺身如骨，枝疊徒生綠似雲。一例世欺憑腫幹，十圍皮裂誤盤筋。大材難用同樗質，寬鬱縈心總紛紜。

偶值層泥膏沃深，青蒼南國拔蕭森。氣機上宰無私惠，寒暑終生自在心。未解揮藏關利斧，任從傾逗話秋霖。水邊村口隨緣長，對盡朝暉與夕陰。

天南蔽芾免嚴霜，地遠雖非召邑棠。蔭與庶民方伯息，惠宜載筆頌聲長。閩城名定江堤種（福州名榕城），粵寺經傳梵唄揚（廣州有六榕寺）。聞道東臺多茂鬱，峽雲施雨度三鄉。

悲喜雲天望九州，風騷疑絕幾春秋。誰知恣散鋪蒼影，根拂長嘶過紫騮。情繫幹枝同兩岸，斗量才識滿虛舟。斯人振采宣城筆，肯就盆池寫細流？

榕樹八首：己丑歲暮客居中壢感賦

程章燦

排窗綠影到書軒，葉動枝搖意若言。客在天涯堪作侶，木經冷暖自知溫。
美名故國傳嘉錫，散質人間絕斧痕。坐久忽聽風雨驟，羨從厚地結深根。

當衢應得號將軍，老榦能經野火焚。樹樹落霞飛彩鷺，團團靜氣對浮雲。
雨中葉密張青蓋，日下風清滅暑氛。何必深宮名刹外，一身自合受香薰。

立地端莊樹影圓，繞身笑語劇堪憐。依依離葉如行客，累累垂鬚證歲年。
枝翦旁杈雲路闊，薪供寒竈火溫傳。蕭蕭入耳真天籟，伴我還家萬里眠。

易逝年光歲又窮，那堪海外對葱蘢。朝酣渴飲連宵雨，夜舞狂驅四面風。
拳曲骨筋驚鼠雀，賁張根脈看雞蟲。憑誰寄語攀條客，應植扶疏滿宇中。

蒼蒼樹葉想羅裙，重見鯤瀛惜暫分。風冽藍天寒徹骨，雪消冠蓋綠如雲。
僕塵脈遠盤成結，倒地根深立作筋。后土皇天應有意，徒迷顏色太紛紜。

狹室觀書丙夜深，西風叩戶葉蕭森。寒流肅殺青冥氣，冷透離披碧海心。
壯歲柔條老枯樹，成排墓木浸愁霖。天連兩岸誰能斷，一色雲煙共霽陰。

樹木曾經幾度霜，濃陰百丈賽甘棠。青依井堞催城老，賦見道心知味長。
收雨轉聽聲淅瀝，隨風變態意悠揚。此身既慣無拘檢，種向無何廣漠鄉。

亭亭翠蓋遍南州，閱盡千冬復百秋。葉拂春雲飛燕翼，枝迎蕩子繫驊騮。
飄風地異旌旗色，歷劫人同破浪舟。衣帶漸寬終有悔兼用一衣帶水之典，何時得見海西流。

時事四首

鴨江南岸樂聲揚，主體山河一片光。歌舞彩裳開局面，工農革命頌君綱。

海東祥瑞兆金家，高祖豐西斬白蛇。日月懸殊二千載，應天今古竟無差。

蜿蜿專車出國門，煩憂未必繫黎元。最憐少子攜儲貳，近布漢名金正恩。

天使旌旗映日紅，邦君拜詔位斯崇。休疑今事翻前史，北謁長春願表忠。

諾貝爾獎：高錕校長領獎

有客前列坐，迢迢來東方。雲端下北海，諾貝爾舊鄉。寰瀛焦聚日，崇獎頒華堂。良時屆靜肅，主席起褒彰。孤明發靈智，纖維堪導光。於茲三十載，惠澤深難量。高子失舊我（校長不幸罹老人癡呆症），不喜不悲涼。胸心返孩提，蕩蕩一無藏。安記勤研索，安記主上庠。安記昔騰譽，安記後補償。側聞語輕柔，依稀辨妻房。信手獎狀接，含笑視茫茫。

電郵二首

所向無空闊，剎那通五洲。只憐前代別，豈作斷腸愁。列缺今傳信，天孫不待牛。圖文送朝暮，心曲訴輕柔。

維基驚解密，高位惱蒙羞。劍腹言温雅，蛇心意懇周。登臺能指鹿，滅國詆藏鉤。真面如何隱？冥空截電郵。

觀音開庫

粵俗：農曆二月初九為觀音誕，是日大士開庫藏，信眾遂爭往觀音廟，寫牒焚燒借貸，數目可億萬計。當年財運如果亨通，翌年須赴廟還神。

千百趨奔迷欲狂。中宵影疊燈昏黃。廟前寫牒意揚揚。吉辰奪門湧狹堂。神恩庇蔭發南海，南海庫珠數難量。鮫人夜滴晶瑩淚，平波浮閃燭天光。慈悲一年庫一啓，羣黎等價借庫藏。無饜牒焚冀億萬，翌歲虔禀神還償。濃煙寶爐火舌飛。不沾瓶水灑楊枝。大士潔清原白衣。煙火長熏化為緇。

記得二首

小蘋初見薄羅衣，明月高懸不願歸。絃直輕彈吐心曲，愛琴人在眼波微。

瓶花杯茗共浮香，三兩窗前墜果黃（園中植芒果樹）。記得履端迎淑氣，盈盈笑靨對年光。

杜鵑花

滿山紅紫證芳時，有客來游樂不支。自異哀鳴歸蜀帝，只求爭發沐春曦。層叢堆列生成德，大運摶舒造化兒。眼底東風催燦爛，殘櫻北念轉興悲。

無題二首

渤黃漫海起涎腥，曉月橋頭折骨驚。直上西崑瀕柱斷，徐吞耀璧遂天盲。川原穢任瘡痍積，黎庶哀由鷸蚌爭。洛邑少年長扼腕，終童意氣論平生。

爪牙去盡賸求憐，戈執魯陽可轉天。四海流居遭眼白，故山迴望壓雲玄。不銷鋒鏑金人鑄，永憶兒孫九世傳。開國豪雄棄絲縷，要看原爆湧菇煙。

寵物拖肥小犬四首

蜷身伏足下，白毛紅舌尖。晝眠共主子，室清驅夏炎。

拖肥Toffee，糖果名。呼小犬，伸舌舔孫兒。微笑看追逐，不必弄含飴。

搖尾迎我歸，低嗚立身拱。解言去與來，溫順吾深寵。

晚歲寂寞心，出門望雲起。回首孤影斜，白毛孤影裏。

聽雨二首

少年振臂記班班，要畫長虹禹域間。踽踽南旋江口渡，一天如晦聽潺潺。

已無淅瀝遂荊班，一晝郊原夏雨潺。側拾綠濃初墜葉，瑩珠葉脈睫眉間。

聽雨又一首贈少璋弟

兩鬢中年未白班，詩情何必寄潺潺。灞橋風雪高岡鳳，清壯聲聞霄漢間。

聽雨

朱少璋

象聲無計認分班，少小胡涂可否間。此日中年窗下坐，一簾暑雨聽潺潺。

奉和湯華泉先生杜甫草堂賦贈華章，並呈與會諸君子。

二零一一年八月二十七日

昔賢遙仰聚斯堂，騷客橫縱意興長。綴玉連章驚七步，掐肝一字繞迴廊。已悲精魄隨年減，豈似芙蓉出水香。錦里風光清麗絕，休教綵筆負秋陽。

參拜杜甫草堂呈鄺先生教正

湯華泉

鬧市一區尋草堂，綠蔭蔽日護牆長。舊居路繞浣溪水，花徑藤連奇石廊。蟬噪松筠幾聲靜，風吹荷芡一絲香。潭邊還似詩翁在，漫釣槎頭對夕陽。

璞社百會六十韻

何處無芳草，南陬九畹滋。青搖風過後，垢滌雨霑時。昔憶鳴雞晦，每來揮涕悲。川原驚寂寂，春夏失離離。孰解蒼生苦，長憐赤縣飢。民窮無足戀，天意正堪疑。謬種讖傳統，寒蟬對古詩。舊除餘一卷，新立等全癡。李杜遙難識，風騷俱不知。賢人明獨發，世局變先窺。挾冊雲霄遠，傷心教化危。宋臺惟弔詠，英治且棲遲。庠序登壇日，生員化雨師。啓途遵廣大，落筆重精奇。提命終懃懇，扶攜鮮倦疲。群才沐恩長，小子逐風隨。斑駁初橫抹，浮輕不遽嗤。常慚居二妙，永感吐長噫。西海游鞭指，靈山八載羈。歸來忘故步，講授愧浮詞。具位龍鍾退，回眸輾轉思。少年求學古，律調願循規。不料衡門訪，誠商雅道維。社名題璞玉，月會論瑕疵。斟意江河水，連文翡翠枝。頹雲昌谷重，綠螘樂天夷。陰冷寒連嶺，柔輕綠繞絲。雖非入堂室，頗足見毛皮。黽勉虛懷採，艱難盡力施。

浮光方瀲灩，庭卉若葳蕤。一覽多含笑，低哦或展眉。清聲照老鳳，雅集下瓊姿。細意分評點，同題與騁馳。毫纖量去取，語半究敲推。无本僧門月，希文帝友祠。刀圭非誤逐，水鑑恰攸宜。學業完終始，諸君別歎咨。依然生後浪，自在湧層漪。心卻紅塵利，神遊綠芷湄。宇澄人放曠，瀑瀉筆淋漓。積稿高逾尺，緣情正及私。三編曾付梓，百會倏來期。歲久開仍麗，花香散益彌。擬傾今盞酒，記説草亭旗。薄宴良宵設，微忱短柬披。先容郵遠近，欣納覆尊卑。青歲華堂客，高軒雅士儀。未能烹美饌，幸得奉明粢。舊友紛圍席，歡言可解頤。綢繆竟何許，契闊遂於斯。兩手伸齊執，同門願不遺。幾人新俊秀，一室盛蘭芝。竹管能濡彩，文心莫染淄。要成行影句，求正折肱醫。箸舉開懷抱，聲聞仰斗箕。從容話今昔，宛轉辨雄雌。金谷無籌數，西園七步摛。燈明書琬琰，興逸出藩籬。此際情何極，清談樂豈支。悵兮殊曩祀，未可泐銘碑。

襄陽孟浩然研討會以飛機阻誤，終未能赴會；因成三首，呈王輝斌先生

何須論戰伐，險阨數襄陽。游女春吹管，大堤花發香。賦詩淩曩代，有士起斯鄉。我欲雄都望，新區共古牆。

楚雲思宿昔，漢水鹿門山。釣客歌沿月，棄才歸閉關。冠裳非眷戀，詩筆鮮追攀。每誦潯陽詠，風神皆睫間。

五言饒浩氣，江國助文清。學豈儒人腐，交惟車蓋傾。平流逾漢廣，三楚最才英。孰解南溟困，來伸仰止情。

蘭桂坊

坊在香港中環，酒吧餐室林立，中外人士群聚消遣。每年西洋萬聖節，遊人奇裝異飾，夜間道路往來，狂飲喧呼，取樂忘形。

尖聲幢影燈澄黃，萬聖節來恣歡狂。碧眼明肌轉妖魅，逖矣東土疑舊鄉。猙獰目滴胭脂血，長袍曲爪黑巫娘。裁心別獨競奇詭，殊形千百聚斯坊。搖踏喧闐安在愁，酒醉嬌嬈攬道旁。今宵客子真何夕，氛祲怖惶樂未央。市民盡説蘭桂異，中外同歡泯族疆。浮飄寂寂中元鬼，老婦燒衣暫不忘。

新詩舊詠三首

死水

腥膩無端滯不流，徘徊絕望對長溝。層雲未許沈清影，醜貌徒誇滅內羞。銅破扔餘悽慘綠，羹殘潑罷寂寥稠。幾時大手神靈斧，疏鑿成功接水頭？

再別康橋

河堤夕照柳搖金，蕩漾柔波水草心。舊夢如虹揉不碎，西天雲彩望沉吟。

我的保姆

小子居河旁，墮地依保姆。厚手抱入懷，愛憐朝夕乳。挈我割園蔬，扇爐嫩肉煮。圍裙拍炭灰，去來覓飴脯。含笑看長成，辛勞幾寒暑。敢忘活活恩，誓將報育撫。硝煙忽襲來，睥睨現夷虜。馳突利刀揚，田廬盡焦土。兒夫有死別，孤身誰足怙？善人哭淚乾，報施何酷苦？嗟嗟天地心，不慈似宜數。

上保姆墳想爾作

新婦奉醇醪，入門嬌嬈女。孩提倏丁壯，迎親響鑼鼓。含笑坐奶娘，拭淚復酸楚。曦光射夢破，攬衣轉氣沮。幻虛禱祝真，開枝延宗祖。孰謂自民聽，彼蒼殊狎侮。晝夜永勞憂，骨立神銷腐。寒祲入動蕩，溘逝歸何許？今我攜婦來，春月斜風雨。眾木或搖喧，墳前碑輕撫。幾年寐泉下，泉下願聞語。醜夷雖繫降，鬩牆不偃武。子誕尚未未，婦腹兆天祐。禀天誰可測，聰慧定愚魯。行為鮮過疵，家邦能寸補。他日對長流，共兒認厚土。天地有情恩，愛慈記筆楮。

土耳其咖啡再詠六首

土耳其人原突厥，騁馳西域更西遷。圍城終滅東羅馬，拓展帝疆歐亞連。

唐突厥一支徙西亞，十五六世紀時滅拜占庭帝國，建立奧圖曼王朝，疆土包括阿拉伯世界及巴爾幹半島。

研磨烘豆最相親，舉國迷癡日飲頻。芬馥飄傳愛琴海，咖啡冠號殿堂人。

咖啡初為阿拉伯人飲品，土耳其人嗜之。風尚傳於希臘，希臘人以其來自統治者，遂稱為土耳其咖啡。

哲賢仰止來希臘，野老過從或狎嬉。海島雲生日西下，舉杯扶椅話離奇。

拙文〈土耳其咖啡的浮想〉寫「扶椅」：「通常一張兩尺左右寬三尺左右長供兩人分坐兩旁的桌子，圍攏的木椅起碼六張。一名顧客佔用三四張，事屬尋常。一張坐的，一張腳踏的，一兩張扶手的。據說愈粗俗的人愈是這樣手足分張。」

高呼重煮好相酬，侍役笑含問所求。半熟中甜宜細沫，金黃推擁凸杯浮。

咖啡用糖，有甜、中、淡之別。咖啡火候，有熟、半熟與不熟之分。全熟味偏焦苦，不熟味帶生澀，要求如何，得先向侍役交代。

長年曉夢總疑非，不見波橫不蝶緋。牘有銅壺調小勺，游香縷縷尚沾衣。

東歸以後，舊嗜未改。

割香求近坐禪心，難拭傳杯燭影深。自是本來存一物，小爐引火對沈吟。

土耳其咖啡罷飲已數載，前曾為詩紀其事。惟舊好難忘，今似恢復。

奇異果二首

讀少璋弟〈奇異果〉後續作，竹枝類也。

怪爾層皮皺且青，天桃黃橘愧娉婷。山深只合獼猴採，騷客無因賦陋形。

長途紆折竟還鄉，卻病相傳果異常。豈料海歸如學士，邦人爭拜渡西洋（此果原產中國，後傳海外。）。

蕉詠五首

樹懸耙耜屋簷旁，高下成梳指擬長。漏隙凝曦葉子大，芭蕉初夏色微黃。（芭蕉）

雲起無端急雨來，忽餘涓滴忽天開。翠舒淅瀝圓珠濺，三疊疏繁奏雅才。（〈雨打芭蕉〉小曲）

黃橘逾淮不稱美，嶺南佳果遜南溟。星羅浮島炎蒸國，白肉皮開入口馨。（南洋香蕉）

傅粉終難轉皎然，哪吒析骨羨迴天。幾時西海塗靈藥，表裏從茲誇白鮮。（黃皮白心）

南海風掀十丈濤，簍筐傾盡飼鯨鼇。香蕉聽說盈船載，咂嘴童兒呼雪糕。（香蕉船，雪糕名。）

前事

報載：倫敦奧運會期間，歐人見東方人面型者，或以漢語「你好」招呼，韓人日人，有時不免尷尬云。因思前事歔欷。

少年終悔欄杆拍，始挈行囊冀知津。嵯峨雲嶺無涯海，夜月琴音幽鬯神。異國庶民愛遠客，擎杯圍坐見狎親。爭詢鄉情山巔雪，櫻花爛縵晴明春。我本暗香梅林士，不吹尺八不避秦。炎黃苗裔驚眾耳，憮然禹域遂沉淪。只今東人轉怏悵，西土招呼成時尚。瀛島三韓一例看，中州雅言問無恙。

讀杜

晚歲清湘望北流，勞肝戀闕未嘗休。亂離下筆生民繫，灑落存心老馬求。詩史何慚書一代，仁心總現入雙眸。平居左右尋常物，得失雞蟲稚子鉤。

健行先生惠示大作〈讀杜〉，謹步韻奉和

張志烈（九月二十一日）

華夏詩情亙古流，為民喉舌永無休。河清海晏攄宏願，國泰人安急訴求。
錦里風光新百貌，草堂物色亮雙眸。羣賢學杜欣相會，勝義微言細細鉤。

志烈先生傳來別詩，情意深切，謹步原玉奉和。二零一二年九月廿四日

蜀花秋豔蜀天藍，又挹清芬近講壇。不作黯然揮手別，同君初夏共清筵。（明年初夏將至成都，赴南充開東方詩話研討會。）

別健行

張志烈

紫荊豔豔海藍藍，老驥雍容鎮杏壇。聚首草堂天賜樂，思君長憶割羊筵。

啟豐二號三首

東夷仍攪海，壯士要迴天。獵獵紅旗舉，堂堂大義宣。起航知浪急，報國欲軀捐。昨夜鼋鼉過，啟豐二號船。

琉球東海外，宿昔作王賓。詔使隨鯨至，民風稽首陳。一時艱國步，列島入倭人。莫道魚臺遠，中山（明朝封琉球王為中山王）未是親。

子產心誰識，田橫事可知。國人終覓嗣，義士即橫尸。九世平戎待，一船衝髮噫。龍蛇不長蟄，霹靂起時宜。

淵民學會紀念大會有作

淵民先生李家源，近世韓國學者暨詩人，著《玉溜山莊詩話》。二零一二年十一月八日，余應延世大學許敬震教授之邀，到漢城講演淵民先生漢詩。是詩韓國原州作。

東國鍾靈秀，高才出雅人。箋鋪即摛藻，淄滌豈沾塵。聲氣招來學，風流動近鄰（先生詩名動臺灣）。群賢今日會，絃誦見傳薪。

贈韓國延世大學古典文學組同學

韓城霄下澹斜陽，故土蒸炎未肅霜。五載重臨尊國士，一時尚問挹蘭芳。能干氣象青春筆，早辨之無錦繡腸。騷雅流風知不絕，南溟歸後北長望。

後記：公元二零一二年十一月，余來韓講淵民先生詩，將引先生少日佳構

〈菊〉詩賞析。許敬震教授挈諸門下宴余於大學賓館。諸生問論歌詩，興醰醰未已，因步淵民先生原韻成篇以贈，所以見景仰先生之意，且願後生之可畏也。

淵民先生〈菊〉詩，先生二十三歲作。

京華秋色過重陽，開遍籬花一夜霜。穩保精英期歲暮，堪鄰傲節殿春芳。
請將瀟灑神仙骨，鍊作層峻志士腸。遙憶吾家寒水畔，黃昏無限似延望。

保育：水族徙遷

二零一二年十月三十一日，香港報章載：政府計畫在龍尾興建人工泳灘。龍尾有三種具保育價值魚類，將與全體水族遷移至汀角東等地，政府對汀角海岸提供全面保育。

萬彙含生造化恩，游鱗棲處漸波渾。空明照底蟾光憶，厚疊鋪灘卵石存。一寸自
茲移十里，眾形猶可育千孫。藻青擺擺從容過，細雨浮升看水痕。

諸子野廬談詩共宴盆菜

凜氣天北橫，流南暖雲碎。一室寂寞寒，諸子登門再。葉乾踏窸窣，小犬搖尾吠。徐探懷中箋，隱隱浮藻繢。鄉居何所有，款客訂盆菜。濃香揭蓋升，四隅散不礙。水陸似雜陳，動植同盆載。豈是游鯊鰭，豈是軟駝背。本是摘園蔬，晨夕所澆溉。近墟買雞豕，門鱔一例配。村夫昔圍爐，合煮成鍾愛。常物足動指，不必盛筵對。瓊琚君先投，木瓜報聊代。

敬和鄺老師〈諸子野廬談詩共宴〉韻

朱少璋

錦繡滿花園，人踏花影碎。冒寒謁夫子，立雪一而再。雅室有餘閒，微聞小犬吠。此中有詩人，詩意美如繢。冬深益近春，兼味入盆菜。園蔬愈珍饈，貴賤不相礙。情味知淡濃，教益尤滿載。君子意自適，敢與時人背。詩教溫以柔，恩雨蒙沾溉。元旦詩筒來，瓊琚為比配。愧余報木瓜，何人解賞愛。韻調佐盤飧，圍爐開派對。百字我先投，同門續番代。

敬和鄺老師〈諸子野盧談詩共宴〉韻

伍穎麟

詩語想綢繆，諧談憶細碎。慵惰赴會疏，久未登門再。冬嚴氣肅殺，犬小影搖吠。攜手謁夫子，聯項掛彩繢。深村陶然居，滿盆穠矣菜。此意雅非淺，其衷厚不礙。情真尤倍益，盆大亦難載。何必熊羆掌，那須橐駝背。飲食既融樂，騷墨同一溉。頗使逸興發，自有聯句配。快意佐圍爐，相邀重過愛。蛇年尚翹企，璞社又派對。瓜瓞繼前賢，風流傳今代。

橘子洲頭三首

橘子洲，長沙市湘水中洲渚。洲頭塑立偉人青年巨大頭像，髮略腦後披揚。今闢橘子洲公園。

夏陽初動氣騰溫，橘子洲頭晝未昏。植樹蔭濃延幾里，分流江靜發南源。像雕深邃多情目，髮散盈充青歲魂。大地沈浮當日問，激揚殊不為仇恩。

天若棄民曾百載，陸沈眉睫及中原。愁胡目側時輕睨，漢卒城登或漫喧。復整旌旗稱上國，得蒙蔭福頌雲孫。日望清湘渾不語，千秋功過與誰論。

洲頭洲尾闢公園，藉草游人卧且蹲。願卜熙時遠鵾鵬，不求熱血薦軒轅。平生感與蜩螗起，此日靜無風雨翻。遙想層林紅染透，秋深仍欲訪湘沅。

智能電話歌

斯物何物能且智，方寸熒屏饜君意。偶動心旌指撥輕，如願即呈新天地。音聲圖象絡繹來，酬答接傳翻掌易。語軟伊人訴衷曲。情柔吉士遣文字。穹蒼覆蓋生民靈，創製神工超思議。生民散聚雖無常，電話身隨不憂惴。看君怡然心獨安，豈憶曩時行路難。河海深，燕越隔，離人相思淚汍瀾。愁懷鬱鬱注彤管，捧箋字字摧肺肝。只今萬里同尺咫，徐點擊，相見歡。

維多利亞公園二首

遠夷指畫割河山，百載懷柔孰議訕？冠彼王名成囿廣，游茲節日撫民頑。秋燈光織（中秋燈會）人爭入，年卉香浮（每年年宵花市於此開設）春喜還。豈意悲歌炎夏起，一時家國總相關。

烏衣白蠟聚維園，趨步群傭聲欲吞。南海明珠消絢麗，故山新鬼悼煩寃。硝煙驚散長安道，血刃相交玄武門。自有俊賢評史識，貶褒我願聽高論。

送余龍傑之海上

吾子遂騰軒，出戶觀學海。南天環揖別，回首望雲彩。天南上庠士，研習夙不怠。同志許氣華，腹有書詩在。古調聲金石，短製春花蕾。風日滬濱佳，人文斯萃匯。決意負書行，師友從數載。初秋入門牆，磨琢珠光璀。英俊助廣大，同游胸懷改。幾時江左歸，故人刮目待。

送龍傑之海上，直寫題意戲贈

已難解慍倚南風，舉目出門西復東。便逐鯨鰲飄大海，願沉羅綺贅珠宮。故人早許非吳下，仙樂時聞若郢中。書卷奚囊好拋卻，不尋鬢宇望牆崇。

讀韓國江原大學南相鎬先生入蜀次少陵〈春望〉〈江村〉二首有作

騷雅人斯在，遂忘滄海深。西求浣花路，直表仰山心。掃徑誰迎客，感懷風屬金。白鷗君子意，豈謂重華簪？

次杜甫〈春望〉韻

南相鎬

少陵過不在，古木草堂深。萬感相交錯，時風遺惜心。世情何換寶，妙韻本黃金。得物為真諦，無毛備玉簪。

次杜甫〈江村〉韻

前人

浣花清水濯塵流，路邊大廈尚眩幽。篁竹千山紅染壑，天中群雁飛推鷗。

少陵可得萬民志，妻子生存何解鉤？寒士草堂遺氣韻，東方詩話學爭求。（行按：二零一三年十月，四川南充舉行東方詩話學研討會。）

敬題履川師《頌橘廬叢稿外編》。《外編》錄語體文章

先生師北江，嫡脈出桐城。義法遵靈皋，汪洋似莊生。喻世君子重，外編語體行。論辨既探微，紀述且入情。置水瀉平地，解網自在鳴。從容仍法度，指顧恣縱橫。雅言轉平易，手寫口吐聲。文學新運動，初意若暗承。只今好搯擢，諸家苦筆耕。氄詞鑾語楔，破碎曲奧矜。先生倘寓目，瞠目泉下驚。

清宮西洋自鳴鐘

何時禁苑棄壺漏，長宵數響自鳴鐘？盛清熙洽逾百年，十全甲子嗣康雍。茲器紛來廷陛獻，海西競求東土通。厥形厥面殊千萬，金黃銀白飾淡濃。內宦如期輕撥紐，十二周時轉不窮。當日揚眉稱巧製，誰解遠人多技藝。技藝忽移作兵戎，巨礮雷轟攻城銳。學術遠人有本源，高明百器驚新翻。吁嗟中州士夫瞀瞀不尋根，燒盡圓明帝后奔。

詩人洪肇平先生來璞社演講，先投瑤章，奉和有作

海隅屈指幾清真，拈管隨書妙入神。不撼鬱沈疏學子，早知坦蕩是騷人。篇成叉手容閒適，韻和蒙頭句苦辛（先生才捷，頃刻成章；鄙夫思拙，搜字維艱。）。今日高軒承枉過，請言雛鳳欲傳薪。

璞社講座感作

洪肇平

抱璞清吟意最真，天風海日比精神。倡詩今日開新境，話舊當年憶故人。聲欲摩空情激蕩，句能憂世韻悲辛。芳洲是我低徊地，獅嶺龍塘看積薪。

黃昏

綴玉枝何在，誰皐三復魂？陰霾鋪盡壓，生意蕩難存。我欲祈真宰，霖傾淨故園。登樓謝客興，來賞月黃昏。

何文匯教授璞社講詩歌格律三首

江左論浮切，宮商沈宋文。旨仍騷雅繼，調自古今分。晚世和鸞少，庸音噪雁紛。耳盈何所避，輒擬洗河濆。

一室期霏屑，名言始得聞。衿披殊解慍，風起遂傳薰。獺祭諸家異，光偷五夜勤。成篇推拔萃，巧織理絲棼。先生搜羅資料，寫成名篇，不知下幾許功夫。

公子遵先轍，平居詠伐柯。無敷鄴下粉，時正郢中歌。卓議人稀並，前門網未羅。孫登今鳳嘯，不必在山阿。孫登善《易》及嘯。教授近治《易》。

述懷用同題舊作韻

依舊雕蟲客，豈足戴儒冠。縱游曾慷慨，西海望神山。歸來稍展卷，澄心不重瀾。漸識此中味，自有平生觀。緩步蘭臺入，夸父棄策鞍。賢哲典冊遺，充棟盡琅玕。徒憶立言志，凡鳥非仙鸞。仰鳴既已矣，鷦鷯棲枝間。

述懷舊作

恥作雕蟲客，好戴遠游冠。麻鞋歷萬里，壯哉好河山。瀛洲渺無際：東海掀濤瀾。落日蜃氣幻，龍堆真偉觀。蒼茫牛羊見，健兒翻雕鞍。九嶷隱仙霧，翠竹紛琅玕。窮河溯天漢，玄圃聽鳴鸞。咨嗟彈丸地，安能老是間？

後記：述懷舊作，大學二年級詩選課堂上習作，五古不限韻。履川曾先生改易三數字，點鐵成金。詩後仍總評「詞句雅飭，志氣軒昂」，以示勉勵之意。時光荏苒，忽忽五十四年。重對舊稿，良師殷切，一己無成，愧慚何極！

秋日遊行二首：德先生

黎民騰沸鼎中烹，赤帝燒空哀任鳴。振臂長袍諸學子，願蒙蔭福德先生。

褥氣金天海角收，百年未似舊時愁。高明自不論生計，破釜仍須德君求。

甲午馬年新正

霜蹄騰趠曾千里，今日春風檢舊書。重譯自無玄奘筆，多方寧望惠施車。災梨回首緣揮灑，出岫浮空任卷舒。煮字平生三百萬，水仙移近待香噓。

雨傘行

長空不聞響雷鞭，羲和扶桑又虞淵。銀漢未瀉天柱在，古帝鍊石固依然。通衢少年焚且煎，憂深傾盆淹大千。曩昔異象嘯呼警，擬逐蟾蜍吞月圓。張傘哮怒群情動，未雨運籌孰機先。山河迭代時指顧，蒼天宜死立黃天。傘黃向日開正色，似水似潮鋪市廛。扭轉亟，果何力？一夜水潮無涓滴。行人熙攘復通衢，萬卉吐黃曾遍植。

讀詹杭倫君〈雨傘行〉，深有感觸，取詩中詞語成五律一首，用寬其意

五月梅黃雨，出門攜傘行。一時疑路盡，何處轉花明。陰變陽隨盛，雲消天望晴。謫仙才有用，伯樂自招迎。

出門

一笑大江橫眼底，蓬蒿人去上高軒。澄心欲近僧无本，踏月歸來自閉門。

七夕：現代女兒寄天孫

銀漢眉月浮，展眉機杼女。今夕玉露兮，河梁架鵲羽。綢繆瞬如夢，即別淚零雨。長年多割心，鴛分知終古。前路黑漫漫，無由光一縷。頗聞海西靈，滾石推寒暑。滾墜復高推，上下難窮數。運命寧可變，絕悲失神祜（希臘西西弗 Sisephus 受天神宙斯懲罰，自地府推一塊大石上高山。臨近山頂，石頭必脫手滾下，西西弗得下山再推。如此周而復始，悲慘命運無可改變，與牛女雙星受天帝懲罰，無法改變只能每年一會之悲苦命運相似。獲罪於天，無所逃也，無可冀也。）。今我自在行，塵世離天罟。秋夜春朝歡，含笑偎儔侶。凡質寄天孫，青詞憐辛楚。

回首

更欲投何處？斯人獨臏哀。天南欣石補，祖祀告雲開。下界偏妖孽，偕亡寧燼灰。回瞻渺伊甸，對影兩心摧。

拜年：丙申正月初三，璞社社友九人訪元朗敝廬

柔毛小犬吠聲喧，眾士春風到蓽門。豈謂郊坰堪俗遠，應緣騷雅或斯存。依微香漾年花淨，融裔詩吟斗室溫。糕菓奉嘗茶細品，興酣何必定金尊？

讀鍾世傑社友民工春節還鄉未果詩後作，用世傑詩韻

道阻爺娘悉，應生萬斛愁。承歡兒豈在，聚膳願難求。歲倏靈羊改，淚仍枯目流。親恩竟棄絕，何處覓車舟？

民工春節還鄉

鍾世傑

未能甘旨養，強忍別離愁。故里人終去，名都薪薄求。春釐思獻祝，歸計失隨流。飄泊新年影，他鄉不繫舟。

假花

東皇撥雲訝秋卉，桂叢紅塵蕊且吐。夭桃金菊開市廛，四時繽紛共園圃。人巧今已邇天工，幾奪諸天操神斧。蛺蝶深深穿何疑？未接散芳三兩縷。點水清淺蜻蜓飛，浮動暗香果何許？形相自不殊馬鹿，生機蓬蓬中缺貯。恨無馥氣助詩心，莫表馨懷贈游女。雲中君兮贋花，下視寧須長吁嗟。

長春吉林大學開杜甫會議書懷奉贈張志烈先生，次張忠綱教授〈賀志烈兄八秩大壽〉韻

志烈先生騷壇才士，學苑名家。得接清塵，將歷二紀；而未覩雅範，倏逾三年。茲者長春舉行杜甫學術研討會，先生御飛廉而北臨，下走幸洪崖之拍問。仍喜吉人無恙，古柏惟青。會張忠綱教授出賀先生八秩大壽作，因思曩時與先生頗酬文筆，共賞珍奇。難挽流光，豈忘舊誼？遂成拙詠，略書鄙懷。用忠綱教授韻，附名篇以奉呈云爾。

黃葉飄風墜冷霞，論文覺宇集諸家。拍肩一笑欣無恙研究會開始前，先生前來拍肩招呼。，詠史當時驚異葩昔與先生共詠三星堆博物館奇異歷史。。甘拜塵飛潘岳道，自慚書缺惠施車。錦城花重長相憶，幾日濃春共品茶？

賀志烈兄八秩大壽

張忠綱

錦城蕎地起朝霞，卓犖英才號大家。傾倒東坡成巨著，癡迷杜陵育奇葩。
相交卅載深千尺，更喜三餘讀五車。小米期頤輕捷過，溫江共約飲君茶。

步忠綱、健行先生詩韻賀志烈兄大壽。健行先生吟正

葛景春

長春十日遍天霞，紅葉滿園迎眾家。一笑相逢成白首，喜看新晉畫奇葩。
草原並轡曾行馬，北國相扶又共車。應約草堂十載後，西窗對飲品詩茶。

上海市西餅

世變安可測，二紀變殊顯。我初臨滬濱，生民似屯蹇。夏月雖隱山，猶作吳牛喘。肩摩歷通衢，市廛左右眄。紅橙糕餅色，頗摹西海遠。滋味豈等量，輒止一嘗淺。今夏復飛臨，重啖奶油卷。外包秋菊黃，內露春苔蘚。酪滑唇不膩，舌香融甘軟。購歸饗家人，小大目流轉。倏忽手無餘，依依猶指吮。海西兮海東，廚人孰長短？

月夜二首

倚樹人老未？飛升不計年。幸逢超級月，仔細認嬋娟。

流光不堪掬，江樹影迷離。月色清於水，相攜任露滋。

遠遊四首

不作雕蟲客，早披冠遠遊。青春臨黑海，圓嶺問方舟（車過土耳其東北入伊朗，有云挪亞方舟即藏山頂。）。駝逐明星至，僧思妙法求。聖神安地擇，我且別神州。

荷馬琴吟卷，海倫異國奔。諸神紛喜怒，兩族各仇恩。高宴真情辨（柏拉圖《會飲篇》論真愛），靈心至道存（柏拉圖《城邦篇》論「理念」）。哲文西海覓，雲入任風翻（乘飛機赴遠）。

蔚藍空水望，不覺度華年。對影春風立，披書古意傳。大王斯騁馬（波斯名王大流士侵略希臘，希人著作往往呼之為大王。），死士強回天（斯巴達三百士兵死守險關，欲阻波斯人南下，全部陣亡。）忽念門徒跡，同君過鑿川（車過哥林多運河到哥林多廢城，《聖經》有〈哥林多書〉）。

歸來誨多士，時或九霄摶。五月天山白，斜陽渤海丹。一揮流壯氣，周覽助文翰。禹域無垠展，平生足恣觀。

老兵

老兵王琪，陝西人，青年從軍。中印之戰，失道為敵俘獲。既陷身牢獄，繼放逐僻鄉。備嘗艱辛，始有家室，而謀歸故土之心不懈。今年二月，終攜子孫飛返西安，年歲已逾七十。

猛氣戎行不顧身，硝煙道失陷南鄰。幽囚鞭雨如驅畜，魅影荒村孰恥倫。生理徐寬有妻子，此心常憾向風塵。桑榆挈眷雲霄入，終撫傷瘢北歸秦。

宇航員十八韻

微蟻安窺象，凡民竟測天。宇空脹封橐（宇宙封閉體，膨脹不已，然而無外。），星斗距光年。異景離思議，常情訝倒顛。溯初元粒裂（宇宙物質最初凝聚一點，一時爆炸成今日宇宙。），論秒太虛延。飄散塵黏固，諧和力引圓。河沙殊少數，球體豈齊肩（星球數目多於恆沙）。摶運既非宰，安排何自然。舉頭方趾問，歷世學林研。欲解盤腸惑，爭成探險船。飛升火箭力，駕駛宇航員。一去無垠境，如臨不測淵。幽陰墮冥土，曠蕩剩孤舩。璀璨浮何許，翱翔夾眾仙？歌詩原幻畫，眉睫即真傳。揮別能回否？騰衝莫悉焉。居安男女羨，甘退死生牽。緩步機艙入，其人大勇宣。身寧為碎粉，路必向無前。

捐肝

近時某女士為陌生者捐肝救危，其母初時似不同意。論者多許某女士所為，然亦有非議之者。

髮膚敢或傷，孝道未云始。易簣啓手足，免夫知曾子。嗟嗟捐肝女，添油速救死。從容赴一割，初不諒天咫。刀落血流胸，慈懷憂寧止。違命實趨仁，親愁陌路喜。群言多褒揚，一二有微旨。我思孟東野，春暉崇母氏。鉤棘大翫詞，掐擢胃腎毀。我思晉豫讓，癩啞乞於市。漆炭殘形軀，報恩許國士。詩囚千古名，刺客傳良史。典訓果棄循，斯人非耶是。

夕宴張軒誦、梁世杰二子，有贈絕句三首

夕筵列饌二生來，微溢茶香奉滿杯。霏屑清言連壁坐，一時襟抱灑然開。

衡宇膝容非局促，寰瀛轍遍亦敷愉。投君我有周王卷（余泰西游學日誌請張君打字），請畫東西萬里圖。

初辭嶺表赴吳頭，孤影奚囊未足憂。四節江南風日好，不妨長住伴輕柔（用張宏生教授意。世杰將負笈上海。）

讀就雄君璞社雄文七律一首

月聚推敲十五年，獅山誦詠遠風傳。高岡北國稀鳴鳳，青歲南陬慕雅弦。玉顆堆成鮫室瀉（荊山玉屑已出版六編），金針繡罷海圖妍。不求揠助苗茲長，搖綠曦陽自在鮮。

港鐵上水站水客寶貨

互漬肩摩汗，月臺鋪影長。人歸攜寶貨，利厚在盈箱。倍蓰寧為慮，富豪甘作僨。羅湖程一站，北燕日回翔。

水客寶貨又一首戲作

仕女淡濃朱，散香花露濡。晨興慵傅粉，妝卸自憐膚。已卻戎裝窄（數十年前有詩句「不愛紅妝愛武裝」），要遵西海姝。奔趨水客問：寶貨橐囊無？

自拍二首

長竿連快鏡，一閃駐花容。但恐花非錦，攲危舉手慵。

堂堂青歲去，白髮任常新。曾倚迎風蕊，流香自攝真。

戊戌歲正月初三，璞社諸友登門賀歲，或攜兒女，總二十餘人，喜而賦詩二首

嶺海南溟楚些才，心迎氣象恣雕裁。長嗟鴉鵲嘈遐邇，只擢肝腸寫喜哀。社結聲求今洗俗，篇成珠綴或占魁。我滋瑤草庭階滿，賺得春薰代古梅。

眾彥難能遵古誼，將雛攜盒一時來。臨風未騁春風筆，煮茗敬擎香茗杯。奔逐童顏花與笑，增生馬齒歲相陪。輕盈客履登門穩，徑淨郊園不長苔。

同門雲上人張世彬。用柏梁體

少年奚須斂猖狂？自甘塵拜瑤瓊章。高論徵文冠上庠。騁馳不執前賢繮學校徵文比賽，君作冠軍。。畢業大笑赴扶桑獲日本文部省獎學金。願沐人文澤流芳。佚書搜覓遍庋藏。鼓琴入社聲鳳凰加入大阪外國語大學琴社。繁蕊神移稚嬌娘。目成裊裊未能忘花樹芳馨，女娘清靈，俱堪賞悅。。歸來述稿何煌煌。真真幽玄美難方著《中國音樂史論述稿》、《幽玄之美與愛》。忽然隨風噩耗揚。癘襲尸焚傳舊鄉廣東旅遊染疾逝世，當地火化。。身隨同硯走且僵。四十雲霄天帝旁。嗚呼世彬仍張郎得年四十，今人仍目為青年。。

得免一首和杜公〈登高〉

得免桑榆切切哀，早隨鴻鵠與翔迴。曾探神窟濃雲撥，擬識方舟逖土來。四紀絃歌違世巧，一時人物話春臺。葱蘢願入登臨目，好代詩翁續酒杯。

讀謝翱〈登西臺慟哭記〉賦詩，和杜公〈登高〉

萬斛量愁莫比哀，空餘忠影共旋迴。陸沈何處生靈託？雲起〈記〉云：有雲從南來，氣薄林木，若相助以悲者。孤臣易代來。遠塞招魂歌楚些〈記〉云：作楚歌招之曰：魂朝往兮何極？莫歸來兮關塞黑。，荒亭設主伏西臺〈記〉云：登西臺，設主於荒亭隅，再拜，跪伏。。不同子美身多疾，慟哭江山奠酒杯。

成都草堂書院落成，見青年學者，賦詩二首，呈杜甫學會學術年會諸君子。時二零一八年十二月

錦里殊方客，杜陵千祀師。室成招俊秀，雅習慕藩籬。綠盛層陰疊，紅開曉露滋。草堂游息後，接跡復奚疑。

發興雲間下，來參騷客期。論文毳分細，吐意笋生遲。我想他朝事，梧棲雛鳳枝。百花潭舊水，仍汲滌肝脾。

出席屯門珠海學院中文系古典體詩研討會。二零一九年七月

撼岸洪濤任所之，屯門灣淨映晴漪。且欣四美臻南國，不逐群英豎綵旗（游行者或持外國旗）。揖讓升陳微妙旨，賦吟或步古今師。世澆儘有扶風教，遠客芳鄰悉在斯。

乙篇：古文

董就雄《聽車廬詩草》序

二零零二年六月，香港浸會大學中文系詩社璞社成立，月聚一會，賦詩講論。余是年夏退休，而以詩社成員故，仍返校門，得與英髦好古之士相交接。諸子月課殊可觀，不圖騷雅流風仍未泯滅於無餘也。初，董君就雄自香港中文大學來，修讀碩士學位；至是參與詩社活動。間嘗出示前時撰作，亦明淨完整可稱。香港中文大學自頌橘、蘂園諸師開授詩課，即重寫作練習。諸師既當世名家，而又善誘循循，堂下遂蒙沾溉；凡律法辭意，與乎途徑去取，靡不淺深各有所獲。諸師謝世雖有年，執教詩課者或系出門下，或習聞先輩論旨，講詩與作詩騈軌，率由舊章，雖歷數十年至今未改易。然則董君能詩，猶可想見諸師之流澤影響也。六載以來，君隨余習詩，到會至勤，月課尤黽勉不苟，必改削稱意而後出。君二零零四年畢業，未幾任教香港城市大學，與同志師生創組新松詩社；然於璞社眷顧之意、投作切磋之誠，未嘗稍減。往往挈輔執事同學，社務賴以不墜，功莫大焉。夫業精於勤，君能用心匪懈，揣摩研習，而興趣才資復不與儕輩等列，則其寫作之變化邁前、識見之沈思有得，固情理之中事。君嘗謂詩體雖舊，詩意詞彙可以納新，顧必新舊融浹渾然一體而後可。昔頌橘師恒以此意宣示，君方青歲，乃有老成論説若此，豈非畏友也歟！君篇什積聚既眾，遂選輯《聽車廬詩草》一冊，近將付梓。余細繙稿本，有意新舊配合之作數數見，蓋不徒付諸空言而已。新舊配合融渾，誠非易事；然苟執茲旨勿失，而卓爾才藝潛運筆下，未必卒無所至。今觀集中諸作，短章雅飾味腴。長篇既多，或層次明晰，或聲諧句穩，或氣勢浩汗淋漓；要之馳騁熨貼，足以動目而愜心。竊謂作者倘具似此才藝，益以執意求索，其不難拾級直上而趨乎高頂也，當可預言。董君勉乎哉！公元二零零八年八月。

朱少璋《琴影樓詩》書後

少璋君肄業上庠時，從韋子金滿學詩，即已成章。畢業同年，出版《平仄詩草》，居然頗見面目。韋子序文嘉之，良有以也。二零零二年九月，君入璞社，自後扶持社務，佐余實多。月課而外，仍喜吟哦把筆，或與社中校外諸同好酬詠，積稿遂眾；茲集蓋選錄畢業以來所曾叉手而得者凡三數百首編成。日月經天，其間往還又二十寒暑矣。君學藝俱進，作品其貌其神迥異舊觀，固不待言；讀者試並閱二書，當知余言之不謬。余夙喜君詩，以為情韻深美、詞旨麗雅不易及。每誦「病起情慵尋午夢，晚來風厲近新秋」、「雲散猶尋出岫意，花開好惜折枝時」、「千里山河留血影，百年心跡付啼猿」、「歌罷陽春如隔世，御風環珮欲泠然」等聯，未嘗不憑虛俯仰、神移惘惘者也。余嘗贈君詩曰：「清冽早推黃仲則，芳馨能悦屈靈均。」未悉果能稍狀君詩一二否耶？君論詩不專尚古，所作有據一己之才性情懷振筆以出、而不拘與清人近人風貌接邇者。其不務高聲大氣、不求尺寸緊守晉唐矩步而勿失，固易貽有欠古厚之評；然亦以此得免張皇矯措、困束不伸，而轉見安詳調運、真摯且生動也。或疑仲則輕清，擬君似非佳語。余謂仲則輕清，自融匯今古、卓然為一代作手者視之，固是；至於後進才人，何妨始則趨歷其藩籬，終則自茲而遠？君年方精壯，余知其進而未已、而必不止於是也。公元二零零八年九月。

鄺士元《歲寒堂詩鈔》序

余自考取新亞書院中文系，及今已五十載矣。其間世局人事反覆變幻紛紜，既歲月悠久，加之以耄昏，多不能記；獨大學肄業時少年意氣、與乎師長學侶之殷殷涵育怡然游息情狀，則仍接目歷歷未嘗稍減。學校一年級設詩選科，講課者福州曾履川先生。先生古文辭歌詩書法邁愈時流，卓然一代名家；壇坫傳授，誠後學者不世之遇。顧余淺識狹見，當時尚懵然無所知巨匠之運斤於斯也。先生好舉示高年級同學之博雅能詩者，以為我輩楷模，而士元兄往往在列。先生偶或齒及賤名於君後，余詩多疵纇，何足並君作？此特前輩勗勉提攜後學之心，揄揚不吝過當而已。然余以此而銘記君名益深，且喜宗人之出眾傑異也。是時君在研究所，地雖邇而勢頗閡隔，雖欲趨晤而無由。越一年，始愜所願。君清眉瘦頰，眸子靈炯，論議進退必有據執；余不覺意降心折，甘處下風而側聽焉。君未幾離校，余亦西行近十載，音問遂梗阻。及余承乏香港中文大學教席，則又事務雜繁，故交未遑聯繫，惟聞君嘗往來港臺二地授業、著撰馳聲為可慰。然每一念君，猶傾倒於曩日之言詞意態無已也。余退休以後，得交何教授廣棪。何教授與君相知，往還不絕，於是藉何教授之邀而復晤君焉。睽離近五十載，相顧老大。余既頹唐特甚，君亦厲疾初癒，息弱而聲沈，意氣似不無稍衰矣。席間追憶師門，暢話平生，悲喜感激，倏忽莫知其何所生而何所止也。君其後出詩稿一帙，告以將付剞劂，蓋歷歲俯仰詠吟者選錄於茲。翻覽全編，用意深而詞雅麗，不蹈常蹊，然後知履川師舉以為楷模，先見之明不可及。余每誦君詩，行墨之間時若翕然勃然，猶可彷彿君昔年銳發英氣。及茲遲暮，君亦嘗既誦往篇、了然今昔之殊、而今昔之感遂無方紛然而至者耶？君集初名《冷香齋詩鈔》，終易《歲寒堂》今名，殆用歲寒松柏後凋之義。然則君雖遲暮，其胸中倔強與眼底睥睨，仍不以容貌變改而留挽不使之去者耶？君囑余為序。君詩佳妙，有劉子序言述析者在；今但謹敍交誼始終，願永誌毋忘，且應君命。君諱利安，號士元，廣東南海縣人。公元二零零八年九月十五日。

《追風集》序

璞社楊、朱、伍、董四子，詩興翕勃可訝可羨。月課定題暢詠之不足，復藉網絡互聯文字。既才美筆敏無遜古人，而光電傳遞瞬發息至，遠非曩日置郵可比。是則錦句繡章周旬之間居然成帙，孰謂不然？或者千里聯袂出席會議，所遇山川風俗之壯觀特異，暨乎人物之意態種種，一時興酣情滿，抽紙振筆詠吟，聯句鬬韻傳觀，呼嘯極朋侶交游之樂者，往往有之矣。少璋君好輯集存稿，數年之間，編成《璞社唱和選刊》近十種，裝釘單行；而篇幅全體或與《荊山玉屑》正續編等；豈非盛事也歟！方四子詩稿來往紛紜，屢屢招余接續。其間暗諷明諭，催促備至。余雖偶一二酬應，祇以神疲思緩，掏擢惟艱，至以為苦。猶幸四子邇來教務雜繁，篇章拋擲略止，壓力得以稍減。況又得讀張君志豪所贈《追風集》，尤暢悅無已。是書為張君與李岐山、李詠娟、李耀章、陳仲基四君合詠卷，七言絕句逾百首，蓋傾情細琢和韻而成，殊可誦閱。五君於璞社為後進，乃有意追楊、朱諸子前躅，璞社流風不墜矣。余前所謂得接英髦不附俗眾士嘯詠雅懷為可慰者，四子而後，五君有焉。余知自茲而往，五君詩藝既進，而意興浮動復不下先輩，則酬唱合集必相繼輯刊無疑。其裨益雅道、誘掖後學之功，至足稱誦。獨慮五君步趨必謹，或亦招余接續答詠；而楊、朱四子教務稍暇，復啟電郵催邀；兼之歲月推移，衰躬疲緩愈甚；異時果將何以措對也。張君志豪請序《追風集》，別無可論，書此付之。二零零九年六月二日、歲次己丑。

廣西蒙山梁羽生公園記

昔蕭子顯論文，以為若無新變，不能代雄。説部稗碎小道，原不當論議之列，顧斯體後世發皇，蔚為文壇大國；則子顯所言，亦未嘗不可藉之以觀斯文撰著之高下者。溯自民初以來，武俠小説驟興，變唐宋豪俠俠義之名，用明清長篇章回之體，守成而參變，開卷醰醰可讀。洎乎北土五家，振筆津門，既情節紛紜曲折難測、鋪衍無有涯涘；而舉凡江湖幫派之祕奇、武功隱人之特異，與乎仙界寶器之明光幽渺幻彩縱橫、兒女俠情之纏綿蕩氣；靡不如歷如繪，足以使讀者眩目而動心。於是萬千趨慕，海內流行；風氣沸揚，歷二紀而愈盛。惟是政局遽變，斯體或以無益於治道見抑；作者遂相繼輟筆，文囿一時寂然。方將大懼文脈之斫截殆盡，而羽生先生即崛起於香港，首刊篇章，仍續統緒。先生本縣故家子弟，陳姓，諱文統，梁羽生蓋其筆名。通古知今，文采煥發，於時寄寓海隅。香港夙為中西文化交匯之地，先生作品旁沾博採，雖根柢五家，而意旨之映顯時代精神、人物之兼攝泰西形象，深心寄託，鎔鑄獨出，有非前人樊籬規模所得域限者。雖若循舊轍，實大開生面，讀者驚所未覩，傳閱褒頌備至；由是名動遐邇，後進紛起傚襲，形成時人所稱新派武俠小說風氣，至今流播發展猶未止。然則先生首開宗風，厥功可紀；而新變代雄之語歸諸先生，誰曰不宜？先生既老，退休。屬人和時清，乃悠然興鄉土之念，再度還歸，與親朋晏晏言笑、宴酬雅詠。邑人既感先生之情繫故里，又敬先生之振起文風，光耀桑梓，遂決議於鰲山之上公園故址，葺舊築新，定名曰梁羽生公園，以為紀念；俾鄉人過客，望鰲山文筆，得以思夫土囊泰山之巨風，淜滂飄舉，原生此青蘋之末；與有榮焉，且景仰也。公元二零一零年九月、歲次庚寅仲秋，香港鄺健行撰記。

張志豪《三癡堂詩草》序

張君志豪癡於文、茶與石，自號「三癡」。夙好吟詠，自入璞社，與諸師友磋切酬和，為詩益勤而篇章日積，作品時見社友及社外唱酬集中。近又選輯歷年詩課暨平居吟和之作百五十首，另詞作九首，都為一卷，名曰《三癡堂詩草》，將以付梓。嗜風耽雅，未嘗稍減，誠今少年輩不易得者也。余讀集中諸作，規矩途徑合適，根柢堅實可喜；循斯以往，發皇可期。至若文字表裏，清氣雅言，時或浮動洋溢，蓋從自性中流出，不以詩藝之高下而掩抑者也。夫人之禀氣有清濁，禀清氣而賦形者，自然情遠淄塵，不與營營者苟合，發言不鄙倍。張君從余遊數載，余察其俗慮愈消、高情愈廣而談吐益雅馴。近又聞其自號「三癡」。其進而未已，誠清雅之士哉！嘗謂人品出詩品，清思雅詞源於人。張君禀氣如此，他時歷練通達、學養淵廣、詩藝精純，則下筆成章，所造之高遠可稱何可量也。二零一二年九月二十八中秋前二日，光希子序。

《同舟集》序

二次世界大戰時，日本侵襲東亞諸國，藉言建所謂共榮圈，略地殘民。乃天不佑邪孽，終自繫俯首請降。降書明列條款：凡所竊據土壤悉還歸母國。東海釣魚臺即所嘗竊據島嶼。明清以來，斯島圖籍錄載，班班可考；顧戰後中樞勢弱，未及即時接收。數十載後至今，昔之竊據而猙獰者，反謂主權斯在，斥逐中土來人。鳩佔而睥睨氣揚，莫若此甚，誠中華志士恒疾痛而扼腕者也。一九九六年九月，港人駕保釣號，穿濤歷險抵釣島，直登岸宣示大義；而遽以蒙衝日艦受阻，無功而返。同行陳君毓祥，且捐軀殉國。今歲八月，港人復駕啓豐二號，慷慨東航。既籌運謀備，知其鋭而攻其隙，遂竟初志而成大功。登島對漫海麗陽，舉紅旗迎風獵獵，稍挫瀛夷氣燄。璞社同人有感此行，遂定〈啓豐二號〉為九月月課詩題，體用五律，不限用韻與首數，務盡己志。朱少璋君尋輯眾作成卷，取名《同舟集》，其盼國人共濟成功之意深矣。余觀集中篇章，其哀其感，其抑其揚，莫非作者愛國衷懷之浮湧、而傷金甌之尚缺者也。噫！可悲也夫。至若陳君毓祥身死寂寞，名漸絕稱於眾口；而舉目熱血青年，雖多振臂疾呼，惟鮮見亟亟以敵國強佔為念；或亦題中可伸之義、可興之悲。社中諸子，其亦有悵惋低徊、咨嗟無盡、而相繼賦詠於此者乎？璞社鄺健行，二零一二年十月十八日。

香港浸會大學饒宗頤國學院成立序

上世紀四十年代末期，學者頗南移港島；蓋以時局亟變，治道頓改，而慮夫出處進退，未必能立命安身者也。既而騷屑見動盪，先聖前哲之慧命疑絕。流寓賢人學士有深懷文化花果飄零之憂者，以為數千載先民之厚積，不宜以近世國勢陵夷，一切蔑棄。於是創立學校，倡議弘揚傳統文化，而兼重西土之高深；以期融會貫通，使我之所固有者斯存，而又未嘗不旁納日新，另具精神面目，足以興國運而富民生。余入上庠，猶幸得接諸賢輝光；平居側侍，講堂肅坐，屢聞誨示如此。於時雖年少淺學，已覺述論之正大高明；迄今數十載，益知讜言卓識，確乎無可輕議。間嘗概覽寰宇歷史。文明國族之中，求有自鄙賤其本來所具，不惜去除多方，而必以專循他途，始得臻富強之域者，似未之見。至中國歷朝治道，自姬周以降至清末，嬴秦以外，大抵多由舊章。而二三千年間，疆土日闢，人口愈蕃，國家一統，有非其他文明古國可及。然則中國傳統文化，必有致國族壯大而足堪永存之成分，豈不昭昭？倘並其堪永存者黜削之，恐未為得當於理。顧諸賢聲雖鏜鞳，一時種種搖心竦意之音盈耳；是以卓識讜言，終以迂闊逆時見嗤而遽拒。有志之士，徒俯仰喟歎而已。茲者香港浸會大學中文系陳致主任籌備成立饒宗頤國學院，宗旨明言闡揚以中國傳統價值及元素為核心之學術，所以安邦興國，所以為影響以至引導世界文化之力量；此蓋與余疇昔常聞者差近，惟今不復外音瀰泛，獨此為異耳。人心之撥亂反正，於斯或可一二稍覘乎？選堂先輩早歲來港，今巋然老成，舉世崇仰。學院冠用名諱，則海內外慕學者將聞風而益至。陳主任志願宏遠，盛年有為，方將拓展學院規模、與夫引聚學人研習，日廣日進；年月屈指之間，必大有所成無疑。余雖耄老，猶信可以拭目見之。公元二零一三年一月二日。

李耀章《寧魂集》序

耀章君肄業上庠時，即喜吟詠，旋入璞社，屈指至今十載。既與諸師長及同儕游，探究討論篇什意辭韻度，無論筆底之日趨順熟，即識解之免同庸腐，時時豁然可見。余二零一零年選輯社中青年社員作品，成《剖璞浮光集》出版，錄君古今體十三首，篇數頗居前列。蓋君才大思銳，其意境開揚與乎意指縱橫有異恆蹊處迭出。十載以還，君推敲月課、酬應友朋、或者撫事感興之作，積聚已眾，其間珠輝玉朗，有非選集中十三首足盡範圍者。余意君若擇尤編冊，出示騷壇，俾能側聆評說，納採嘉言，實可為後時千里馳騁之助；而君果編成《寧魂集》，去歲六月申請香港藝術發展局出版資助，十二月獲評委會批准。然則君詩甫一面世，遂蒙方家許可，居然可知。《寧魂集》行將付梓，君問序於余，並電郵詩集全稿。余翻閱一過，即覺君下筆之際，必也凝神冥思，亟求創變；辭鍊而兼從雅俚，意搜而不避仄奇；自家面目殊顯。夫少年意氣四向流注，原不必盡以稍寬矜慎束縛為累；況君集中如〈拾葉〉、〈雪災四十韻〉、〈驚夢〉、〈陽關〉等作非一二數，而衡以軌轍準繩，且未覺違離而復生新可尋味者耶？璞社鄺健行序。歲次癸巳除夕、公元二零一四年一月三十日。

《杜甫研究學刊》創刊三十五載序

余肄業上庠時，選修福州曾履川諱克耑先生杜甫詩課。先生平生最重杜詩，誨示無倦。常言少陵倫常踐慈仁之途，邦國繫興亡之念，其發為文章，無論情理景事，小大與元氣畢浮盡顯；誠足感激民心，風教百祀。夫大雅斯賢，尊之重之當如何也。顧時值五行疑紊，文明似隱，黎庶不識不知，安解歷世所稱先聖賢哲？而一二知解秉柄居崇位者，方集聚歷世先聖賢哲名氏指斥疵議而不輟，尚何大雅如杜公之許可者哉？由是先生仰望雲天，每每歎嗟。余雖青歲識薄，然先生志之所之，當時猶能彷彿揣悉也。既而余畢業離校，負笈海西近十載，歸來母校執教，未幾而先生捐館舍。上世紀七十年代中期，猥以及門後進，承乏杜甫詩課。居恆惴惴，惟勉力習學，以期微有所知，俾凡關涉杜詩之講授發言，稍免虛渺無根之譏，而無大隳先生之緒而已。於是展讀杜集，兼覽後賢論杜著作，涵泳尋味，反覆究研。積十年，胸中似不無與曩者異，而思一發其心之所欲言；遂澄意整齊理脈，書諸筆端，且擬投文國內學誌，以求教於並世高明之士。會氣機始動，人懷返正，往代賢聖，非盡譏棄如敝屣。即余遯處海隅，猶側聞《草堂》期刊創梓於巴蜀成都，登載論杜群言，所以承傳藝文之統脈與宏旨云。一時喜不自勝，亟欲呈稿編輯諸君子左右；非謂末議之可觀，蓋斧斤之運者斯在也。獨念南北閡隔，人物同氣而心意久未通接，猜嫌儻在，審評或別有裁奪，稿件遂數擬付郵而輒止。又三年，各期文字遍閱。其間見解紛紜，而或相互摘謬以申己説者，一期之中且見；因思編輯方針誠不似執持一端以進退者，豈與人心時局日趨寬和、而言網日趨解結相配相映者耶？復自思念：讀書既久，積稿寖多，束諸閣而不外發，非所以云問學切磋之義；終乃決意嘗試，北寄論吳體非源於民歌一篇，亦未知能見錄否也。一九八八年春，《草堂》易名《杜甫研究學刊》。其年夏第二期，拙文發表，啟卷殊慰。蓋拙篇不逐解説主流，且南陬遠人，名未經見；乃衡文者終不以下士僻論相拒，則《學刊》之果能博採兼容、不拘一格，鄙例足徵信矣。其於杜學研究與夫藝文發揚，引指導正之功，當如何可喜而可慰也。自茲而後，蕪文偶載《學刊》，通人不棄，時或垂顧指陳，得以知其趨嚮得失之所宜所在。雖庸質鈍思，學問終無所成；惟是二十七年之間，盡覽刊內眾作，實饜其腹而啟其心，亦平生一大幸事。竊謂時賢述論，時愈邇而探研益邃且明，視角益新以廣；而又濡古功深，去取有據；昔人所稱新變代雄者也。凡此攬納諸彥，彙梓鴻章，遂爾繽紛發皇，名聲遍播中外，以助成一時杜學研究風氣之盛，豈不懿歟！夫藝文學術之盛衰，每與世運隆替相倚藉，載記固歷歷可考。今昭明有融，昇平初現；既東日之經天，輝光惟愈麗而上騰莫止。《學刊》創辦三十五年，成功卓著，學界紛譽。後此乘時俱往，十年之間日新日進，發展輝光已不易測；況復後數三十五載，吾烏得卜其熠燁璀燦、澤惠學林之所至境地也哉？至云大雅抑而復尊、四表雍和，則履川先生所以雲天之嗟，已為陳跡，可以告慰泉下之靈者矣。二零一五年六月、歲次乙未，香港鄺健行。

許君《近旅遐遊吟玩》序

余始入上庠，詩課作業，履川曾先生以〈述懷〉命題。余起筆成「恥作雕蟲客，好戴遠遊冠」二句，先生不以少年輕狂，評曰「志氣昂揚」，仍示許可之意。既壯，遊蹤頗歷寰瀛大洲，而禹域山川數數往來攀涉；舉凡景觀人物，無論怪奇秀美溫潤壯偉者，時時相值。雖陋拙不能執筆為詩文，固已俯仰自許涵積，以為未負賢師之褒語。夫行年五十而知四十九之非，及今既老，默念師評，則曩時中歲之自許者當未盡是。蓋先生所期於學子者正在文章，胸中志氣激發，所望為文章之助耳。雕鏤遠旅，二者不妨相合，非謂相悖不相及，守此而必棄彼也。昔蘇子由稱太史公周覽四海名山大川，故其文疏蕩有奇氣。然則遠遊壯激之士，下筆琢鍊，其文面目態度固有逾乎足不出百里鄉曲瑣屑者流，斯可斷定；此吾前日讀許連進君《近旅遐遊吟玩》既竟，所以感歎不已者也。君嘗以乙未之末發軔廣東惠州，西過珠海，曲折入贛閩，北上內蒙，復南向貴州，然後回轅豫陝，至丁酉開春返香港，首尾三載。君每至一地，發興詠吟，得律體古風二百餘首，編成詩冊。夫以惠邑西湖之倩麗，附以東坡朝雲之韻傳；與乎大漠明妃，漢唐故蹟，其有感於詩人胸臆，發愛國戀土之情，起婉轉縹渺之思，當何如也？然則啟卷有可賞味，其或周遊之助也耶？抑又進者，書中〈後記〉明言律詩習作循四聲遞進之法。余觀集中諸什，偏離遞進者蓋寡，所以律呂趨和諧，吟誦覺流暢；此誠許君用意為之，實雕蟲也。竊以雕蟲技巧之運用，實無損胸中景意之摹擄；其意其藝，且有相輔相成之美。是則鄙見相合不相悖，得許君篇什而佐證。至若浮淺之徒，嘈嘈於雕蟲無益於詩者，誦許君篇什，亦可以止矣。是為序。公曆二零一七年八月十日，歲次丁酉。

與梁鑒江先生書

鑒江先生座右：僕本周初從外地返港，即捧誦先生早前寄來尊集《琅玕館詩詞》。線裝典雅，恰與尊作相稱。僕十餘年前內蒙草原偶詠，遂蒙賜和，拙名得存瑤章題目之中，竟以傳後，可云萬幸。尊集細讀再過，自維薄識，安敢隨意議論？然而杜詩氣脈，彷彿時有所遇，尤以五律為然；亦不知其言之當耶否也？至若遣辭鍊意，若先生所云「要從新法創新章」者，時時觸激鄙懷，則是事實。〈歲月〉第二首末寫放棹江天「只載風光不載詩」。夫優悠歲月，古人恒以歌詩消遣入詠，先生乃撥去，舟中但載風光，運思在古人之外。李易安其舟載愁，先生舟載風光，今古相映矣。而〈東北〉三首末句「不堪橫笛噴秋霜」，「噴」字警甚，句意在可解不可解之間。未悉幾許功夫始能到此，抑又妙手偶得之耶？至若〈飛來峽〉結語之寄，〈黃河〉起聯之壯，〈水鄉竹枝詞〉描摹嶺南鄉土如見，〈秋懷〉無蕭瑟常調，反有杜公「秋風病欲蘇」意。凡此意辭，他人集中或不一二覩，倘求數數見者，戛戛其難乎。嶺南秋暑難當，諸希珍攝。即頌時祺。鄺健行拜啟。二零一七年八月廿六。

陳偉強教授《東西南北集》序

陳偉強教授前日郵示新著《東西南北集》，輯韻體作品數百首，告以行將剞劂。捧誦反覆數過，忭訝無啻。蓋自上世紀中葉以還，舊調貽誤後學而必以今語寫性靈之說盛行，茲土頗承鼓吹，曩日上庠騷雅流風遂寖以泯蕩。馴至今日，文科學人且有據高座指畫而中實不解調聲辨律者，遑論斟酌浮切成句或章者哉！余墨守膠固，每念傳統文化之雅藝。然而目睹傳統文化若花果之飄零，有如大儒所嘗比擬以悲悼者，則恆低徊悒鬱莫盡。不意君遂逆溯時流，編冊起唱，循前修之軌跡，復絃誦於既微絕之後。然則友儕若余者，展卷而激動忘形，當何如也。余與君共事於香港浸會大學中文系有年。君二零零七年間數預系內璞社雅集，投詩遒鍊難及；而席間講評深入周延，聽者意愜而降心受教；余以是知君能詩。然又不意君學術窮研以外，仍鋪箋摛藻無怠倦，月恆日繼，堆積琳琅，且成卷軸如斯也。集中雖多錄五七言，而小詞駢文辭賦亦具數量。夫歌詩倚聲，學苑或時有作者。至若驪篇短長，體物寫志，紛陳合輯，近時實未一遇。終不意君之多才擅眾體，竟不與他士並也。竊惟篇章體式謹嚴，不薄故轍；若辭意則或承舊而出新，滋味多醰醰可賞。蓋平素研古專注，而又濡染變化鍛鍊以出，有以致之。讀君〈嗜好〉句所云「雕蟲勤斧鑿」與「三平保韻腳」，可知一二。抑余猶有欲言者。君青歲游學海外，爾後履跡半寰瀛，亦可謂東西南北之人也。既交接碩學英俊非一二數，而異域風物俗尚得飫覽無餘，自然學博而識邃，心廣而氣充。暨乎下筆描摹，無論師友之酬答離合、吉人瑋事之可紀可嗟，與乎山川之壯、草木之微；其形象境界之殊異，命意遣辭之迥出尋常；有非閭巷曲士詹詹小言可方於萬一者，不言而可喻。集中〈題泥古軒〉又句云：「苦攻西學西洋術，漸解古文古哲心。」余謂儻獨以接武昔賢許君作，而忽君中外古今融匯之旨、四海環迴顧盼之意，恐未能識君詩文，並不能讀君詩文也。君郵命余為書序，自惟遲暮神頽，無復標義發揮，奚足序君雅帙？但以文章入目、一時零渙思緒筆呈左右，俟君之可否而已。二零二零年六月、歲次庚子，台山鄺健行。

丙編：賦、駢文

閔亂賦 大學時作

羌皇天兮眷顧，獨鍾予兮瑰姿。亟外修而內勵，悵冬逝而春馳。立氤氳以朝望，聽潺湲以夕思。伊美兮殊渺，衷懷兮興悲。原夫南國麗人，東鄰處子。款款素腰，盈盈秋水。或擷紅豆，或采芳芷。拜雙星而託幽情，揚清歌而發皓齒。孰意俗艷附裳，庸姿盈市。求荊蔓於穢園，訪叢椒於惡沚。恆養體以勞心，時吸聲而煩耳。於是潔龍駿，飾瑤車。展靈旗，鑲明珠。屬望舒為左御，使羲和以前驅。將遠征以求佚女，冀異合而登蓬壺。爾時弟妹牽袂，父母攔途。拜身嗚咽，舉策躊躇。誓日成夙志，揮涕別篳廬。乘雲升降，御氣疾徐。息予驂於涿鹿，弔軒轅之故都。雲沈日死，風滅煙孤。暮靄重而蝙蝠旋，朔氣凝而鵂鶹呼。片葉俱落，餘枝盡枯。吁！自古已然，必爭之區。幾經兵刃，豈存室閭？臺榭兮塵土，苑囿兮邱墟。大聖兮已逝，咸池兮孰娛。瞻彼驚沙瀰漫，危石崎嶇。腥聚骸朽，色陰血濡。撥燼灰而白骨現，人乎畜乎？顧曠郊而晚炊斷，古歟今歟！於時神鬼無言，山川悄寂。擬質疑於瑤母，爰轉駕以西適。崑崙絕巔，仰睇天色。遙儀雲樓聳丹，飛閣斜白。銀牓環宮，紫璃嵌壁。日月常照，明光無極。仙妾採香垂珮瓔，天孫舒袖舞筵席。然而奔雲狂聚，迅雷疾擊。決防傾漢，失道迷跡。馬急遽以勒步，神趦趄而惶色。環而察之，嬰稚棄於前，翁嫗蜷於側。絲縵無披，髮毛透漬。盡羸瘠而待絕，紛匍匐而來逆。息將竭兮聲不成，目已枯兮血不滴。扶轅兮慘笑，張口兮乞食。於戲！天果險毒而不仁耶？抑果聾聵而無識耶？疇昔之來，千里赤地，萬頃荒陌。意兵燹而凶年，豈尊位其慚德？惟難何加於百姓，讟獨忽乎蟊賊？每至中夜，月陰障黑。野蕩游魂，原號孤魄。馳集飛分，悽厲陰惻。生逢亂時，死羈異域。或依草木，或附泉石。逐寒暑其永古，餐風雨以終夕。心愴動兮不忍，輪輾轉兮東行。漢皋神女，越里夷光。願結言以解珮，同歸隱而罷妝。若夫騷客之國，美人之鄉。水必盈軟而委膩，山必縹緲而流芳。獨訝魚龍深匿，鸞鳳迴翔。嵐瘴蓊鬱，木葉凋黃。狐鼠緩步而側過，鷲鷹垂翅而端望。蒼穹沈霾，夏日降霜。長蒿蓬於隴畝，嘯豺虎於洞房。憮追畫舫雕輦，繡甍檀梁。紛絲凝竹之會，輕歌曼舞之場。今歸何處？胡竟云亡？眼底瘡痍，曩日樂康。交集兮歔欷，獨立兮徬徨。

亂曰：百姓果何愆兮？陷水火以呻吟。河山何失德兮？紛干戈而加侵。孰為佳人之所居兮？誓越千險而委禽。

思洛賦 以「雨潤年登邁州紀業」為韻

余生長南國，長游異邦。繼入上庠，終留鄉土。雖中原屢訪，罣義曾經，而洛陽未嘗一往。悵念殊深，成此小賦。

馳神南國，引領中州。微躬降生孤嶼，逖處窮陬。聽榕風而度歲，對蕉雨以凝眸。洎乎黌宮結業，壯懷振鬣。攜隻影遂遐騁，求積學而利涉。神居疑在，望宙斯之峻峰；魚饌招歸，異馮煖之長鋏。初其中歲斂心，上庠滋芷。對鏡二毛，流光一紀。然後游工部之窰室，謁宋帝之園陵。商量學藝，交結友朋。獨惜回期限似律，俗事束如繩。邙山難訪，龍門未登。若夫九鼎京都，八方風雨。周公創基，蘇賈始武。遠似浮星，近實扃戶。土原廣厚，故啟教化以長傳；文物輝煌，終嗟錯失而莫覩。爰及後裸，興廢相遷。石崇之瓊枝四尺，梁冀之畫閣中天。居易之稱觴七老，太沖之作賦十年。處處名園，歷五代而成燼；叢叢麗卉，託何堵以乞憐。猶幸新運宏開，驚雷復震。莫匪人和，時維政順。行見城繼前古，再顯明昌；民賴鴻猷，得蒙澤潤。凡此均堪俯仰，復可徵信者也。顧余旅情漸減，朱顏早凋。乘槎緣薄，觀國路遙。雖搜備載於五車，聲名盡悉；終捨親游之兩屐，風日奚描？仍意慊而無聊耳。然而科研斯世，千里一朝。則又何難念移瞬刻，身聳雲霄也哉！

廣西蒙山縣賦 為縣府賦

蒙山源溯百越，郡屬桂林。始強秦而畫土，仰華夏而歸心。清代繼前，州號永安而不復更昔；民國建後，縣復蒙山而沿用至今。斯邑風土有殊，山川絕靚。產品盛豐，人物豪穎。接耳目而訝奇，載冊籍之煥炳。誠知中州淑氣，已過衡山；自是上宰至仁，早濡桂嶺。盍觀渟瀉泉瀑，小大而盡冽清；起伏巒峰，鬱蒼而極高迥。譬若古修自然保護之區：區連七地鎮鄉，山聳千米高頂。有仙棋縹緲之傳言，有雲海蒼茫之壯景。雨充氣暖，林木多屬原生；谷窅人稀，禽獸時恣飛騁。

而瀕危動植，諸種蕃孳；推廣教研，於斯育拯。又若以孟沖奇，山茶湖靜。一則潭岸石疊，天生冊頁成書；一則水面鏡平，長供茶妹照影。復觀山圍盆地，野延萬頃。流波入潯，湄江穿境。紅陽西下，渡江浮鼻牛群；竹排晚歸，收網分漪漁艇。山水如斯，其不暝想神怡，坐對日永者乎？邑人賞茲幽渺，樂只逍遙。全縣民族雜居，星羅村落；人口統計，首列漢瑤。莫不互視友朋而臂把，相逢道路而手招。雖情誼之好無間，而習尚之分可描。譬若瑤鄉之走親娶妻，子女任從姓氏；夏宜之盤王度節，歌圩聲徹雲霄。可謂不同風俗，判似夕朝。然而雲山共處，簷宇匪遙。既左右而鳴吠相應，復溫飽而收穫至饒。於是勞作之餘，赴廣場而共舞；喜慶有日，抒胸臆以長謠。方音兮宛轉，輕步兮飄飖。塵心若滌，俗慮都消。夫以知命樂天，故期頤老人習見；養生來福，故長壽之鄉名標。況復土氣偏宜，果蔬易植。尋至近禩，漸桑園之增加，蓋土氣之合適。經營致富，養蠶賣絲之有途；生產投資，創業加工之定策。所以桑蠶農戶，年入急升；絲綢基地，名傳衆識。凡此風物山川，總堪稱頌；若其英豪史蹟，曷可遺忘。太平軍金田起義，永安封王。開科取士，頒曆制綱。邈邈越南，佛朗基甲兵虎噬；桓桓蘇馬，永安州將領鷹揚。永安教案，中外驚望。而范雲梯瓊崖兵備，開辦學堂。韋傑三清華學子，抗議北洋。陳漫遠之參謀戰役，張鎮道之抗日戎裝。皆邑人所拜手，而永代得流芳者也。且豈惟豪英，亦有文事。新會又文簡子、潮州固庵饒公，俱以寇興東鄰，身棲斯地。或散筆以寫流寓艱辛，或韻吟以達逃南情志。二氏學藝盡精，東脩無棄。於是西河鍾文典、文圩梁羽生，少年鋒鋩，一邑騏驥。同立高牆，終成利器。夫高谷滀瀦，則平野奔流。斯足以喻邇來之日見發展，步恥停留。始也縣民，唯陋居而飯粗粒；察焉上位，遂聚衆以定鴻猷。方針則特色振興，生態旅遊。而縣城面目雖換，新舊合揉。小區園林，一時特色；澄波倒影，幾處高樓。至若古榕園內，長壽橋頭。老幹龍鱗，難十人之合抱；長聯鳳藻，孰一邑之與侔？則又人文景觀之堪駐足，而自然風貌之可凝眸。紛紜述引，皆可以想高風於往烈，而招千里之客舟者也。由是邑人起居，得脱貧寠而盡好；藍圖規畫，長處逸豫以無愁。

系曰：時雍熙兮民洽浹。日又新兮豐樂疊。看粉壁兮樓奐輪，福蒙山兮頻報捷。

二零一九年十月，歲次己亥。

後記：蒙山資料，多據《魅力蒙山》一書，政協蒙山縣委員會編，漓江出版社，二零一三年出版。

《馬鞍山酬唱集》序

太白長庚入夢，綵筆成章。泣鬼縱奇，名流播於當代；謫仙崇雅，譽稱頌於後人。千古高懷，塵寰獨步。歲維辛巳，月序無射，安徽馬鞍山市主辦李白研討會，所以宏揚文化，敬念先賢。同人遂朝辭嶺表，午達皖南。願處下風，聆高明之咳唾；竊陳卑論，幸質直之砭鍼。既而會議完成，遠行考察。雖未攜蠟屐，仍效靈運之游山；而同坐巨舟，豈似謝安之入海？孤墳采石，暮色蒼茫；秋浦舊流，微風澹蕩。九華山則梵宇高低，太平湖則群嶼顯隱。或者晝游未倦，宵出稍頻。綽約女兒，執銀壺而淺笑；飛揚學士，據方桌以高談。凡所涉歷，可以詠吟。各賦雅篇，合成斯卷。名曰《馬鞍山酬唱集》，以誌一時之事云爾。衛林弟筆欲鵬軒，詞趨乎古；金滿兄思如蠶吐，意逮於言。穎麟弟初寫素箋，能依正轍，尤愜我心之至。夏曆九月廿一、公曆十一月六日，台山鄺健行序。

璞社成立小引

今士趨新，世風慕遠；塵沙固有，金玉方傳。於是本具晶瑩，因時論而或見忽；橫來淺薄，藉下士而遂推尊。觀乎詩壇風息、騷客吟微，可知一二。惟事非必然，例常有外。偶或學遵古昔，重風雅之溫柔；興入幽微，求芝蘭之芳澤者；亦可得而見焉。去歲承乏「韻文習作」一科，學子凡十五人。頗能虛心受教，叉手試吟。誦歷代之篇章，初循正軌；采四時之物色，婉喻中懷。覓句謀篇，調聲選韻。余甚嘉之。所謂可得而見者，豈非是耶？課程既畢，諸子進陳：僉以途徑始明，興趣方盛。竊擬眾效古而結社，月命題以賦詩。邀師長作點評，集同窗共討論。但冀所習無荒，進而不已；所為合義，持之有恒。余聞而愈嘉焉。獨念學游西海，故步徒羨乎邯鄲；景近虞淵，壯年猶遜於之武。無良工切磨之方，缺前修推敲之識。以此慚慮耳。既而同學又以命名相商，余謂諸生美質倘琢，精光自映。璞玉為比，社名近實。諸生謙而受言，遂同定名為璞社也。公元二零零二年九月。

《問疾酬唱集》序

劉君感沴臥牀，朱子投詩問疾。唱酬頓起，感觸交傳。但擬擲毫，豈云擱筆。復有社中新輩，爭呈稿以推波；座上長年，頗書懷以娛景。莫不出從容於斟酌，見黽勉於灑揮。歷時逾二旬，成章已七十。好尋釋典，用滌塵心；殊散天花，未嫌語業。或者先慚覆瓿，乃辭金谷之遊；寧免撫膺，不與靈山之會。夫雅事難得，諸作可存。卷軸既成，始終聊述。鄺健行和南。夏曆癸未初秋，西元二零零三年八月。

鄧小軍教授北旋徵詩小引

鄧小軍教授講學南翔，歷年北返。首參吟社，豈辭入幕之賓；眾賞雅懷，遂邀流觴之會。諸賢環席，同論推敲；初學下風，每聆指點。京華日後，願記鴻泥；海角春深，宜伸鳳紙。凡我同人，試書韻語，藉表離情。台山鄺健行。甲申三月。

《劍氣集》讀後

辭題小冊，筆下數行。言不深雕，意唯直露。乃朱伍諸弟，好振長風於木末，更掀激水於源頭。來往電郵，嘯吟篇什。寄懷慷慨，同託屠狗之荊卿；對景蒼茫，引寫解牛之莊子。色青顯矣，浪後推焉。開卷可觀，挽瀾斯待。

擬《希真詩詞集》序

昔堯天眷薄，下民困阨於飢寒；禹域災深，四野漫延乎兵火。蒼天已死，黃天當立。頗紊五行，殊晦九德。或有經綸碩士，感激才人。慮道絕於中州，疑情遏於上位。於是全身遠禍，走避南陬；弘教詠歌，繼承先緒。遯翁何師清華族望，風雅詞雄。隨奔客以卜居，入上庠而授業。談聲論韻，善誘循循；言志緣情，明訓切切。既啟迷蒙之初學，又示文章之老成。滿堂咸沐和風，後進願循指轍。夫眾足競馳，絕塵恆推汗馬；諸翎共展，衝霄誰擬鯤鵬？而巨賈必傾意於明珠，大匠唯運斤於嘉木。此則希真韋子，所以終能入室，獨得傳衣者也。韋子夙懷綵筆，早擲金聲。叶曲子之精微，移宮換徵；遵風人之溫厚，酌句斟辭。思若春蠶，非乙乙而難出；興如春草，每欣欣以遽生。伸紙追逋，積年成帙。遂欲付諸剞劂，布此琳琅。題曰《希真詩詞集》，命余作序。余久從游息，時共唱酬。君或七步先鳴，數子齊稱其絕妙；我則三年未得，雙淚無補於苦吟。雖慚同出門牆，徒多馬齒；實樂側聞籥管，直比鸞音。是以謹敍中懷，用弁斯卷；且以見韋子淵源之有自，篇什之足傳也。

《韋金滿先生榮休詩集》序

希真先生花甲初逢，教壇遂退。珠璣璀璨，徒耀目於林泉；鶼鰈優悠，將怡情於風月。茲者歲值金雞，日後端陽。雅會賓來，聲詩體定（先生最擅聲詩）。所以申離意之無窮，寫榮休之可紀。斯成卷軸，永誌衷懷。行見律調之析辨精微，大匠斤遠；兒孫之奔迴喧笑，一室興酣。璞社同人，則又不無且惜且賀之感矣。所盼及崖時返，不棄高賢；自天而零，仍霑後學。台山鄺健行謹序。

〈璞社成立小引〉再錄又筆

少璋君續編月課，再錄拙文，所以記結社之初衷，好古之無倦。四年澆土，蘭芝漸長於庭階；一冊書懷，珠玉每吟乎朝夕。桑榆頗慰，風雅喜存。所盼繼此綿延，集仍屢撰；因茲感激，聲永相求云爾。公元二零零六年七月，鄺健行又筆。

《韓城集》序

余辛未仲夏，三韓初訪。雞林未遠，下雲路而物色萬千；曦駕不停，譬隙駒已歲華十七。晝光莫挽，霜鬢益摧。溯夫論學上庠（漢城大學），結朋東國。金侯（學主）時掌系政，款接殷勤；李子（炳漢）垂念遠人，推置坦率。奎章閣內，能見異書；仁寺洞中，或驚佚稿。期間翻披朝夕，購集市廛。知所未知，聚所未聚。四家評點，竟遠出蜀人（清李調元評點朝鮮四家詩）；一月往還，實從游浙士（朝鮮洪大容在北京與浙杭三士交往）。不意賤名掛齒，大匠（車柱環教授）傳邀。鞠躬趨庭，屏氣請益。至則禮服門迎，香茶客奉。從容平揖，君子之謙讓可風；惶恐側行，晚學之僭越安敢？既而二旬倏逝，瀛海擬航（赴日本）。即聞印刷叢編，銷行詩話（《韓國詩話叢編》）。麗朝而下，千載若星羅於一宵；鴨水以南，百種得鱗次於頃刻。極究研之便，免搜索之勞。此蓋學士孜孜，裒求靡懈；白裘片片，拾綴得成；而又先發孤明，終為不朽者也。書訊既來，征車南指。鶴山先輩（趙鍾業教授號，先生編韓國詩話。），惟溫雅共長談；馬帳眾賢，悉穆雍以環侍。益以大田盛宴，文庫（大田忠南大學鶴山文庫）珍藏。種種景情，歷歷眉睫。自茲以後，北行十數。或者參加會議，或者拜謁專門。充腹而歸，堪曬秋日；守禮斯在，彌念箕封。今年首爾韓國外國語大學校召開第五屆東方詩話學會國際學術大會。自維年及懸車，神非守舍。正宜息交閉户，散意絕游。乃朱董二弟，強扶衰體，來聽卓談。輯山泉之零篇，述江亭之漢使。沾芳鄰之好雨，賞高座之天花。暇復與程子中山，縱觀風俗，多歷術衢。見故闕之草生，察新民之意足。詩思於焉泉湧，誠任地而分流；雅才即非斗量，亦隨韻而疊和。采烈而興高，筆酣而墨妙。寧聞罰酒，春夜謫仙；不作淚流，三年无本。同行清懷騷客，香海名家。感詠古今，允刊珠玉。終乃繽紛積帙，盡賦韓城；斑駁留痕，長懷港客。少璋弟歸裝甫卸，吟草隨編。題曰《韓城酬唱集》，問序於余。余本無采筆，況值頹齡。敢隨諸俊之斥揮，惟草數行以敷衍。集中少載拙作，豈任撰言？獨念異國雲山，幾年氣誼。感不絕於余心，事每繫乎詩話。今番重訪，到底相關。後繼既有人，故交且無恙。於是略書近躅，兼記前塵。聊作鴻泥，試置卷首。公元二零零七年八月。

楊健思女史《梁羽生詩詞對聯選輯》序

羽生先生說部馳聲，新文開統。雲霄共仰，及半紀而弗衰；音響既沈，遂孤明以先發。溯夫平江異筆，初寫江湖；北土五家，繼舒羽翼。寶器散彩而騰空，神功摧敵以驚世。妖邪跳躑，消戾氣而大白堪浮；俠義伸張，想英風而豪情似接。益以描摹幻異，結撰迷離。具山經之奇，比羊腸之曲。三十年間，專號武俠小說。遂行銷萬千之印本，事涉仙凡；而牽引老少之心弦，人兼雅俗。然則誠小道之可觀，如大國之為蔚者矣。獨是時移可見，文變難知。禹甸春迴，鳴禽竟噤；江郎筆奪，晚歲何關？四年五年之中，罕談俠跡；大報小報之內，全缺武林。固知讀者無聊，撰人必譴。剩有欷歔，尋舊編而屢揭；豈無悵惘，遵新政之方行？猶幸匯涓滴之潛流，海隅得冒；攜缽衣而南渡，域外重興。一則以土氣咸宜，一則以俊才紛集。成茲武俠新派，別彼卷帙舊名。而先生乃首倡宗風，先鳴多士。振筆拔陳言之表，開篇續前緒之餘。卒能文動五洲，枝繁三地。迎賓有亟稱童話，開口莫不說紅樓。今昔無殊，厥功偉矣。抑余猶有說焉。夫所謂新派武俠，非謂屏絕傳承，獨矜創製。惟舊是斥，凡新必招。而薄彼不啻仇讎，厚茲尤勝親眷者也。盍觀眾作：運前修之針線，另製裳衣；配當世之潮流，別繪模樣。揉捏多方，混融一體。新派之意，其在斯乎？是以霓裳髮白，溯逋客之過昭關；羅剎性剛，參貴女之現俄國（先生嘗謂《白髮魔女傳》女主角玉羅剎練霓裳有俄國作家托爾斯泰小說中人物貴族女子安娜卡列尼娜影子）。閱者乍驚新釀，竟斟舊瓶。變矩步於樊籬之中，闢眼界於恆色以外；能不歡然撫掌，悚然動容者哉？再則新派之意，何嘗不可遷用於韻語？總覽先生著冊，多納詩詞。所以抒角色之感興，所以助情節之推移。非撏撦於義山，乃推敲之无本。風貌去昔賢，未逾尺咫；文辭見他作，頗訝馬牛。蓋先生少炙名家，早通律調。每能寄意，尤擅倚聲。往往搖曳清泠，飛冷香於秀句；嘯吟棖觸，憶故劍之平生。至味堪尋，一時莫比。然而雖遵章回之軌轍，亦寓時代之精神。張丹楓亦狂亦俠，能哭能歌。終助明廷，轉棄祖訓。以為仗外力為一家一國之圖，置黎民於無食無衣之困。失安居之樂，受異族之侵。殊非計得，用遂南旋。付恩仇於一笑（《萍踪俠影錄》第三十一回〈清平樂〉詞：「盈盈一笑，盡把恩仇了。」），待江山之霸才（《萍踪俠影錄》第十回詩：「中州風雨我歸來，但願江山出霸才。」）。于承珠系出名臣，藝傳宗匠。春花開靨，兼颯爽以相迎；少俠傾心，任娉婷之暗許。豈意清眉鳳客（《散花女俠》中鐵鏡心「眉清目秀」，出身官宦人家。），不中雀屏；大眼牛郎（《散花女俠》中葉成林「濃眉大眼」，出身農家。），偏浮銀漢。或者徒悵斜暉於江上，或者共證緣分於天涯（《散花女俠》第三十六回〈浣溪沙〉詞：「錢塘江上悵斜暉。」又：「各隨緣分別天涯。」）。觀此二例，首明大我之唯重，次彰寒地之非卑。今意古辭，東人西說。循實試探，會心可得。若夫先生聯語之雅文律切，回目之工穩意賅；此特詩詞之餘藝。茂根而遂實，沃膏而曄光；可以不煩論議者矣。余昔在澳門，與先生內弟少年共學，香海曾游。北角登門（先生早年居香港北角），未一面而遽返；上庠講俠（二零零一年十一月二十五日至十二月一日，先生應邀訪問香港浸會大學中文系，並作演講。），幸數日之周旋。既招邀而晤吟儔，復揮灑而貽巧對（先生贈聯：「健筆撰鴻文，開篇說劍；行雲抒妙思，出岫觀濤。」冠頂格。）。每聽抑揚允當，辨析分明。始知名士精專，有逸劍鋩之限；文心靈好，宜居騷客之林。近者女弟健思編輯先生雅什。釋事鮮聞，展卷殊助。先生遠處南洲，久違雅範。而凌雲語寄，輒囑弁言；合掌命承，但慚拙筆。終乃忘眾口騰笑之陋，甘千夫共指之譏。強草蕪章，祇應厚託。直書胸臆，兼敘因緣。公元二零零八年三月。

語譯

梁羽生先生馳名小說界，開出新文類傳統。人們仰望他像仰望雲霄，半世紀敬仰不減，人人不說小說寫作時，他首先表示新見解。

從頭說起：平江不肖生的奇異文筆，開始寫江湖事情；北五家繼續發揚。他們寫法寶騰空耀彩，寫武功折敵驚世。讀者見跳竄的妖邪戾氣消除，痛快喝酒；見俠道伸張，想像俠客英風，似乎接近他們的豪情。加上作品描摹幻異，結構迷離，有《山海經》的奇詭，有羊腸般的曲折，三十年間號稱武俠小說，銷行千萬冊，內容涉及仙家和凡間，並且牽動老少雅俗人的心弦。說起來倒是小道也可觀，小說竟蔚為大國了。

只是時間移動可以見到，文風改變難了解。春臨神州，鳥兒竟然閉嘴了。作者像江淹一般不能拿筆，那裏跟年紀大有關？四五年之中無人談俠，大小報章缺載武林。誠知讀者無聊，也知作者（如果還寫）必受譴責。找來舊書翻閱，只剩欷歔；如果遵照新政令指示（停筆），難道無悵惘之情嗎？

幸而一點一滴水在地底匯聚，潛流到海角冒出。又有人帶衣缽南來，佛法在域外重興。一則海角土氣合適，一則海角俊才集中，形成武俠新派，和「舊派」一名區別開來。

梁先生首倡宗派風氣，比別人早寫作。他提筆超出陳言，繼續前人端緒。最後文章震動五大洲，在中港臺繁榮發展。有人迎客時說（武俠小說）是童話，又像清朝人開口總說《紅樓夢》。古今無別，先生開創之功偉大了。

我還有話要說：所謂新派武俠，不是捨棄承傳，只誇創新；不是舊的必排斥，新的必招引；同時輕視舊的如仇人，重視新的如親屬。何不看看新派作品？作品用前人的針線另製衣服，配合當世潮流另塑外形。多方面揉搓，使之融為一體。新派之意，可不就在這裏嗎？所以練霓裳一夜髮白，可追溯到逃亡的伍子胥夜過昭關故事。玉羅剎性情剛烈，那是參考了俄國貴婦安娜·卡列尼娜。讀者忽然驚見舊瓶斟新酒和在樊籬中規矩步伐的轉變，以及常見景物中另開眼界，怎能不高興拍掌、悚然動容呢？

再說新派之意，何嘗不可以移來說韻語？總覽先生作品，多插詩詞，用來抒發角色的感受和幫助情節的推移。作品不是抄襲，像拉扯李商隱的衣服。作品是自撰的，像賈島那樣推敲。風貌離古人不遠，別的作家文辭和先生的倒是不能相及了。這是因為先生少時便接近名家，早通律調，能遣辭寄意，特別擅長填詞。往往搖曳清泠，句帶冷香；並且嘯吟感觸，記舊朋友的生平。作品深可尋味，一時無比。

他的作品雖守章回小說的規矩，卻也包含時代精神。像張丹楓亦狂亦俠，能哭能歌，最後幫助明室，捨棄祖訓。他認為倚靠外力為一家一國圖謀，不管人民無衣無食的困苦，使人民失安居之樂，受異族侵凌；不是好方法。於是南返中原，化解恩仇，付諸一笑，只望江山能出人才。于承珠系出名臣，武藝名師傳授。她面綻春花，又帶颯爽之風和人接近，所以少年俠客傾心，任她自己挑選。誰料眉清目秀的宦門劍客求不到婚，而濃眉大眼的田里少年得渡銀河。於是前者黃昏時分對江水惆悵，後者和她在天涯緣分注定。從兩個例子看，第一個顯示只重大我，第二個表章寒微出身者不卑下。用古代文辭顯現當代意識、東方人用西方學說。從實情探索，可能有會心之處的。

至於先生聯語的雅文律切，回目的工穩意賅，只是詩詞的餘藝罷了。因為樹根茂盛，則果實成長；燃油充足，燈光自亮；這可以不必去談論了。

我從前在澳門和先生內弟少年同學，曾經一起來過香港，到過北角先生的住所，但沒有見面便返回。後來先生到大學講武俠小說，我們有過幾天相聚。先生既邀請我和他的詩友見面，又揮灑贈對聯給我。每次聽他講話，抑揚恰當，辨析分明，才知道名士精到而專門的本領，可以逸出武俠範圍。先生文心靈妙美好，應居騷客之列。最近健思女弟編輯先生雅什，提及的事情很少聽到，對閱讀很有幫助。先生遠在澳洲，久未見面，卻仍雲間寄語，囑我寫序。我合掌答應，就是慚愧文筆差。最後還是不管別人嘲笑譏刺，勉強寫成一篇，恭敬地回應先生的囑咐。我直寫心中意見，同時敘說交接情由。公元二零零八年三月。

附記：學士文人對近世武俠小說，未必深知；駢體表述，益難理解。篇末特附語譯，或有助通讀全文。

與中國駢文學會譚家健、莫道才二先生書

譚家健會長、莫道才秘書長座右：僕本月十九日，直上深圳雲中，來觀大河隴右。參與駢文會議，得接域內群賢。揖讓黌宮，清鳴雛鳳老鳳；析疑晦義，爭放春花秋花。既仰至極之高明，且啓下愚之蒙昧。會後草原考察，佛寺旅遊。馴馬緩繮，竹筒飲水。黃昏雲闊，垂黏青草連天；紫野寒凝，漸透秋衣護體。既而喜聞梵唄，具瞻藏傳。有惡而實慈，塑尊小大；宗密而同顯，佛性始終。遂使南海來賓，眼界驚變；西陲遊土，足跡印臨。凡斯種種，莫不仗先事安排，悉心籌畫。用敢奉呈寸幅，敬表微忱。款客殷勤，拜手感激。即頌文祺。香港鄺健行敬呈。二零一三年九月二十七日。

擬《「科舉與辭賦：國際賦學研討會」賦詩集》序

唐人試賦，新體諧聲。或燒燭三條之篇，或叉手八韻之作。外此而揣摩長夏，冀天步於青雲；濡染三春，寫江南之麗景。《英華》諸卷，接目可知；宋清兩朝，繩武紛起。可以憑錄載以説史，對瓊琚以賞文。茲者香港大學中文學院諸君先發孤明，首開會議。專門畢至，一室交流。辨謬討源，曩時之偏頗都盡；指途導正，文體之重要遂明。其裨益學壇，不謂微淺。主客高論既陳，雅興隨發。比揚芬於稷下，情寄短章；溯獻珍於朝中，意成律調。人懷彩筆，案積花箋。杭倫賢棣遂彙整命名，裝釘成集。足以見探驪之學士，即是綴玉之騷人也。幸逢嘉會，敢申鄙懷。豈任題辭，不嫌撫掌。二零一四年歲次甲午、四月五日清明，香港鄺健行。

璞社古典詩藝座談會謝啟

新學且盛，舊學寖微。同人等雖重新知，仍尊舊藝。爰結詩社，月聚會以切磋；仰效古賢，時摛藻而吟詠。歲逾一紀，集梓七編。然而斗室獨研，難進竿頭百尺；岫雲遠出，端賴天外長風。遂擬趨大方之家，俾聞凡陋；迎高軒之客，亟論高明。先生眾口頌聲，才人學士。茲者惠臨講演，殊受溉沾。辨逐末之恒言，指向上之一路。茅塞能啟，雅正知遵。同人等感激莫名，謹奉寸幅，敬表謝忱。璞社同人呈覽。

朱少璋《粵謳采輯》序

清代中期伊始，嶺南俗曲遽興。鴂舌蠻音，偏能宛轉；娵隅詩語，竟亦悠揚。莫不成詠自然，與心旋折。炊煙土屋，村子引腔於蕉雨徐收；明月珠江，麗人發唱於蘭舟始泛。所以話情事之變住，表衷懷之喜悲。既而文士按拍循聲，抽箋下字。省垣刊集，粵謳取名。豈非以土風謳吟、方音使用者乎？雖啁哳而大異夏言，無傷雅意；實玲瓏而巧同采筆，具見錦心。抑亦越楫纏綿、吳歈葱蒨之比也。自是流布百載，著作多家。寄託深心，變化題旨。寫時政之衰敗，為末俗之砭針。強鄰之睥睨揚刀，洋膏之周流禍國。寓怒罵於嬉笑，表決絕於哀憐。凡斯種種，又非兒女情多、春秋序變，可得而範圍者也。惟是共輕巴人，佚存弗問；任隨秋潦，順逆向流。既鮮韋帶之連編，難免竹簡之四散矣。夫輕盈翠羽，佳人春問、掇拾而納諸繡囊；斷爛冊文，太史穴探、整齊而列於石室。安有家帚非敝，吝享千金；蛟珠可量，封存滿洞者哉？此少璋朱君所以興嗟，而《粵謳采輯》所以付印者也。粵謳既世態明鑑，藝圃奇葩。則秀士之必欲深研，而庋藏之未可或缺；人所共知。然則君今不逐流風，路塵拜遠；仍迴青眼，桑梓推尊。幾歲網羅，一時剞劂。使文獻易留於天壤，若霖雨得澤及學林。其識解自殊，貢獻可紀；能不頌稱？獨念君雖語體名家，亦舊詩作手。意運波起，辭遣錦鋪。誠風雅之同聲，而藝文之畏友也。外此尤明粵劇，頗接清談。嘗記辨律審音，仰周郎於微涼斗室；排場布景，議帝女於幾縷茶香。其多藝多才、可升可斗如此。不意藝才未盡，卷軸另編。弁語蒙求，前言先寄。觀其紛紜徵引，閱已逾乎五車；確鑿指陳，論豈待乎三復？竊謂神思冥冥之悟，窮年兀兀之功。當在斯焉，且起余也。用是遂題卷首，不記耄期。二零一五年元月、歲在甲午，香港鄺健行。